Hermann Schulz
Die Nacht von Dar es Salaam

Ein armer, etwas verwahrloster Missionar versucht am Tag vor seiner Schiffsreise zurück nach Europa in den Hotels und britischen Clubs von Dar es Salaam sein Gewehr zu verkaufen. Drei Sack Rohkaffee verlangt er dafür. Ndasenga, der als Zwölfjähriger zu seinem langjährigen Begleiter wurde und jetzt kurz vor seiner Lehrerprüfung steht, begleitet den todkranken Mann.

In einem arabischen Restaurant verbringen sie die Nacht. Ndasenga hört in diesen Stunden die Lebensbeichte des Mannes. Da geht es um Besessenheit und Gewalt, letzte Worte einer Sterbenden, die jegliche Bekehrung ablehnte, um einen Totschlag, um die Operation eines Kindes ohne Narkose ...

Das Buch wirft vielfältige Lichter auf die Begegnungen zwischen Schwarz und Weiß in einer Zeit, als die Kolonialzeit in Afrika in ihre letzte Phase geht.

Hermann Schulz, 1938 in Ostafrika als Sohn eines Missionars geboren, aufgewachsen im Wendland und am Niederrhein, leitete von 1967 bis 2001 den Peter Hammer Verlag. Seit 1998 veröffentlichte er mehr als 20 Romane, Jugend- und Kinderbücher sowie Sachbücher. *Auf dem Strom, Wenn dich ein Löwe nach der Uhrzeit fragt, Mandela & Nelson, Warum wir Günter umbringen wollten* und andere wurden internationale Erfolge. Seine Bücher wurden mehrfach ausgezeichnet. 1998 erhielt er die Hermann-Kesten-Medaille des deutschen P.E.N.-Zentrums.

Inhalt

Einer, der Löwen jagt und Socken verschenkt

Ich heiße Ndasenga Sebalili, Lehrer im Ruhestand, mit der bei uns üblichen kleinen Pension. Ohne den Garten, meine Kinder, die Enkel und drei Ziegen würde ich wohl verhungern.

Mein Beruf, Diplome und vergilbte Fotos an der Wand, meine Bibliothek und ein altes stumpfes Rasiermesser erinnern mich täglich an Richard May, den hier manche, halb im Scherz, Löwenherz nannten. Er lehrte mich Lesen und Schreiben und schickte mich später, trotz aller Schwierigkeiten, denn sie war Königssöhnen vorbehalten, auf die britische Schule nach Tabora.

Ich habe den Mann in meiner Jugend zwölf Jahre lang begleitet. Mein Leben an seiner Seite beschäftigt mich bis in meine Träume, seit ich mit diesen Aufzeichnungen begonnen habe. Ich schreibe auf, was ich mit ihm erlebt habe, weil unsere gemeinsame Zeit mich jetzt im Alter zunehmend beschäftigt, und er mir immer noch fehlt.

Es gibt noch einen Grund, mich dieser Arbeit zu stellen. Vor drei Jahren tauchte hier seine älteste Tochter Eva auf, sie blieb nur fünf Tage in der Gegend. Wir konnten uns selten sehen, weil ich eine Konferenz zur regionalen Schulreform zu leiten hatte. Sie bat mich, für sie und ihre Familie meine Erinnerungen an ihren Vater aufzuzeichnen. Sie war sieben Jahre alt, als er starb, immer noch voll starker Gefühle für ihn. Heimweh nach ihrem Vater wird wohl Teil von ihr bleiben.

Vielleicht findet sie in meiner Erzählung das, was sie sucht – und etwas von sich selbst. Dazu sind Geschichten von Vätern manchmal geeignet.

Wo soll ich beginnen? Lebendiger als alle gemeinsamen Abenteuer stehen mir der letzte Tag und die letzte Nacht mit Richard May in Dar es Salaam vor Augen. Als ich schließlich im Hafen an der Gangway zum Überseedampfer *Usukuma* stand, um mich zu verabschieden, erlebte ich noch ein biblisch anmutendes Wunder. Der deutsche Schiffsoffizier erwähnte, drei Sack Rohkaffee seien früh am Morgen für Richard May angeliefert worden und schon an Bord. Ich zerbreche mir bis heute den Kopf über die Herkunft des Kaffees. Obwohl wir Afrikaner Meister darin sind, das Unerklärbare einfach hinzunehmen oder gar zu feiern. Aber von einer solchen Haltung bin ich wohl schon zu weit entfernt ... Rätselhaft blieb für mich auch, warum die britischen Behörden ihn ausreisen ließen, ohne ihn wegen seiner ungeklärten Verfehlungen zu verhaften.

Nach einigen Monaten Schufterei für einen indischen Händler, denn mir fehlte das Reisegeld, bin ich damals mit der Eisenbahn an den Tanganjika-See zurückgekehrt, um mich auf die Lehrerprüfung vorzubereiten. Wer diesen Weg zu Fuß machen will, verendet an Wassermangel oder als Leopardenfutter.

Jetzt lebe ich wieder im Ort meiner Väter.

Wenn ich mich zum Schreiben hinsetze, vor meinem Fenster die weiten Hügel von Uha im Abendrot, ist mir manchmal, als sähe ich Richard May mit seinen krumm getretenen Stiefeln vor mir, den Schlapphut auf dem Kopf. Er lehnt mit verschränkten Armen an der windschiefen Kiefer und schaut mit dem ihm eigenen Lächeln zu mir herüber. Wenn ich mir die Augen reibe und wieder hinblicke, rangeln da nur meine Enkelkinder mit Ziegen und Hunden herum.

Seinetwegen habe ich mich taufen lassen. Ich wollte sichergehen, dass ich bei ihm bleiben kann. Ob ich Christ oder Muslim geworden oder Heide geblieben bin, zählt für mich heute nicht mehr viel. Wie soll ich das erklären? Das Leben hat mich hin und her gehetzt wie die hungrige Hyäne einen Buschhasen. Gott war für mich nicht immer der liebende Vater, wie Richard ihn gepredigt hat. Diesen Widerspruch hat er auch am eigenen Leib erfahren, aber meinen Zweifeln wäre er eifernd, wie er war, entgegen getreten, und hätte versucht, mir das Gegenteil zu beweisen.

Erlebnisse hinterlassen ihre Spuren nach einer uns unbekannten Ordnung. Bei jeder Erinnerung prüfe ich mich, ob sie trügerisch sein könnte; manchmal stehen sie klarer vor mir, als das Ereignis selbst es war. Mir ist, als suchte ich in einem halbdunklen, unaufgeräumten Zimmer und taste herum, bevor sich meine Augen an das schwache Licht gewöhnen. Man sieht immer zuerst, was einem nahe ist. Darum fällt es mir schwer, die richtige Reihenfolge in meiner Erzählung einzuhalten; darauf kommt es mir auch nicht an. Was erzählt werden soll, werde ich da berichten, wo es hinpasst oder sich zu Wort meldet, so dass der Leser eine Vorstellung bekommt, wie es zu der Katastrophe seines letzten Tages in unserem Land gekommen ist.

Manche frühen Ereignisse habe ich erst begreifen können, als ich älter war und mehr von der Welt wusste; anderes erzähle ich, wie es sich dem Jugendlichen eingeprägt hat und seither unverändert vor mir steht.

Über Richard May, von dem ich berichten will, habe ich meine eigene Meinung. Was andere erzählen – Engländer, Belgier, Iren, Inder, Araber oder die anderen deutschen Missionare – kümmert mich wenig. Jeder schwatzt seinen eigenen Unsinn.

Der Mann war aufrecht, aber einfältig, sagten Europäer, die ihn kannten, mit einem mitleidigen Lächeln. Er war nicht nach Afrika gekommen, um reich zu werden oder Karriere zu machen. Solche Männer galten unter den Weißen als Versager und waren bei ihnen nicht gut angesehen. So denken sie heute noch!

Meine afrikanischen Landsleute sprachen von ihm mit Achtung und sogar Liebe, trotz seiner strengen Art und seiner Wutausbrüche. Wenn er Müßiggang oder Hurerei als Vergehen gegen Gottes Heilsplan deutete, amüsierten sie sich insgeheim. Sie äußerten auch Dankbarkeit, weil er ihnen gutes Benehmen, den Kaffeeanbau beigebracht und Straßen gebaut hat. Ein Leben ohne Hunger und Schulen für die Kinder war den Leuten in den Dörfern damals wichtiger als seine Predigten. Einige nahmen einfach aus Dankbarkeit seine Religion an, andere, weil man als Christ seinerzeit leichter Arbeit fand und besser bezahlt wurde.

Wenn er in seiner Kirche oder auf Dorfplätzen mit leidenschaftlich erhobenen Armen mit dem Predigen loslegte, hörten sie erschreckt und geschmeichelt zugleich, dass er alle ihre Schandtaten kannte und ihnen die Leviten las.

Als er hier in unserem Dorf Matiazo ankam, schauten die Leute begehrlich auf seine Socken. Da hat er sie alle verschenkt und ist barfuß in seine Stiefel gestiegen. Unsere Leute trugen immer nur eine Socke, damit sie länger etwas davon hatten. Sie behandelten jede wie ein wertvolles Schmuckstück. So sind sie heute noch.

Heitere und komische Geschichten über Richard May sind mir nur am Rande wichtig, obwohl sie mein Gemüt aufhellen. Vermutlich erlebten wenige so hautnah wie ich, was tief in seinem Wesen angelegt war. Sein hartnäckiger Gerechtigkeitssinn, seine Strenge oder sein aufflammender Jähzorn waren nicht immer leicht zu ertragen, und ich lernte schnell, wann es besser war, ihm aus dem Weg zu gehen. Ganz zum Schluss erst habe ich eine Ahnung davon bekommen, dass eine ungestillte Sehnsucht ihn begleitet hat. Sicher war die Hartnäckigkeit, mit der er uns vor Sünde und Verdammnis warnte, in ihm selbst angelegt.

Wer hat ihm eingeflüstert, gütig und geduldig zu sein? Warum gleichzeitig die heftigen Prügel für seine Kinder (und nicht nur für sie!), sogar mit der Nilpferdpeitsche? Warum verstrickte er sich, der so großzügig denken und handeln konnte, manchmal in kleinlichen Zänkereien? Mit klaren Antworten würde ich das Absurde des Lebens und mich selbst vielleicht besser verstehen. Auch ich war ja zu fragwürdigen Handlungen fähig, was ich hier nicht ausbreiten will.

Ob einige kurz aufeinander folgende Ereignisse – der Mordanschlag auf seine Frau, die Operation seiner Tochter, das Gespräch mit der sterbenden Mama Ntitihera oder die Verantwortung für unser Dorf, als die Kaffeepreise ins Bodenlose fielen – ihm die Kräfte raubten, gegen Krankheit und Tod zu kämpfen, ist eine andere Frage, die mich beschäftigt. Sorge, was aus seinen vier kleinen Kindern und seiner kranken Frau ohne ihn werden sollte, war ihm fremd. Das galt für ihn als geregelt. »*Er* hat es mir versprochen!«, sagte er mir leichthin, als habe er einen Vertrag mit seinem Gott in der Tasche. Ich hoffte, er würde damit Recht behalten, aber ich hatte meine Zweifel.

Mit Trauer und Liebe im Herzen blicke ich auf den Tanganjika-See. Richard May fehlt mir, seit wir uns damals trennen mussten und ich in den letzten gemeinsamen Stunden seine Lebensbeichte anhörte.

Freundliches Todesurteil

Unbemerkt von Richard und seiner Familie hatte ich den gleichen Zug von Kigoma nach Dar es Salaam genommen; mit einer Fahrkarte vierter Klasse. Auch nach der Ankunft war es einfach, mich im Gewusel der Reisenden bedeckt zu halten; ich trieb ich mich den Tag lang in der Stadt herum, noch unsicher, wann ich mich zeigen sollte. Die Nacht verbrachte ich gegen ein paar Shillinge bei irgendwelchen Leuten im Afrikaner-Viertel.

Schon bei Tagesanbruch näherte ich mich dem Haus des englischen Predigers, wo sie untergekommen waren. Die Kinder hatten mich zuerst entdeckt. Sie stürmten auf mich zu, fielen mir jubelnd in die Arme und zerrten mich hinter sich her ins Haus. Weder Mama Margarete noch Richard May schienen wirklich allzu überrascht von meiner plötzlichen Gegenwart; vielleicht waren sie zu sehr mit Problemen der bevorstehenden Abreise beschäftigt oder fanden es einfach selbstverständlich, dass ich wieder da war. Sie stellten kaum Fragen, luden mich aber zum gemeinsamen Frühstück ein. Die zweijährige Maria zwängte sich auf meinen Schoß, die siebenjährige Eva sprudelte über von ihren Geschichten und kindlichen Abenteuern. So als gehörte ich weiterhin zur Familie, wie in den vergangenen zwölf Jahren.

An seinem letzten Tag in unserem Land wollte ich Richard nicht allein lassen. Vielleicht, so dachte ich mir, brauchte er meine Hilfe. Ein kranker Weißer kann in Dar es Salaam schnell unter die Räder geraten. Er ist den weißen, schwarzen und braunen Gaunern, vielleicht auch den britischen Behörden, der Hitze und dem Gestank ausgeliefert. Auch ein handfester Kerl wie er!

Als er mir einen Wink gab, wir würden aufbrechen, wollte ich ihm raten, im Bett zu bleiben, statt sich der Sonne und dieser harten Stadt auszusetzen. Was wollte er eigentlich noch erledigen? Jetzt war nicht die richtige Zeit, ihm Fragen zu stellen oder mit guten Ratschlägen zu kommen.

»Ich mache mich mit Ndasenga auf den Weg!« Richards mittelgroße Gestalt in der Tür verdunkelte die Waschküche. Er drückte mir sein Gewehr in die Hand, eingewickelt in ein schmutziggraues Tuch. Der Gärtner schlurfte am Fenster vorbei, er warf einen kurzen Schatten auf Richards Frau, die sich am Waschzuber aufgerichtet hatte. Zu ihren Füßen strampelte auf einer groben Matte ihr magerer, vier Wochen alter Säugling. Auf dem Berg schmutziger Wäsche spielte die älteste Tochter Eva mit den Resten ihrer Puppe. Ein weißer Junge, so hatte sie mir erzählt, hatte ihrem Spielzeug gestern am Strand den Kopf abgerissen. Verzweifelt, immer noch den Tränen nah, versuchte sie jetzt, die beiden Teile zusammenzufügen.

Das Mädchen sah hilfesuchend zu seinem Vater auf. Irgendwo hinten im Hausflur plapperten seine beiden anderen Kinder.

Die Frau hielt ein triefendes Stück Wäsche in den geröteten Händen. Ihre dunkelblonden Haare waren zu einem Knoten im Nacken gebunden, Strähnen hatten sich gelöst. Sie schaute müde und blass zu ihm hin, wie er da in der Hintertür stand, ihr Gesicht still und angestrengt. Ohne den Blick von ihm abzuwenden, sprach sie zu mir.

»Ndasenga, achte darauf, dass Richard im Schatten bleibt. Die Sonne bekommt ihm nicht.«

Dann gingen wir davon, in Richtung zur alten Innenstadt von Dar es Salaam.

Vielleicht wollte er noch Geld auftreiben. Solange ich ihn kannte, fehlte Geld. Er hat sich deswegen nie verrückt gemacht.

So leise, wie er auf Jagdausflügen mit mir sprach, sagte er vor sich hin, diese Stadt sei ihm verdammt fremd geworden.

Grauer Straßenstaub und Schlaglöcher, im Schatten noch Pfützen und Matsch vom nächtlichen Regen, die Luft dumpf und der leichte Wind ohne Frische, auf dem Boden herabgefallene große braune Blätter. Für mich war hier alles wie immer, aber ich fühlte mich wie am Beginn einer Reise ins Unbekannte. Zwölf Jahre an seiner Seite in den bewaldeten Bergen und den braunen und grünen Steppen, unsere gemeinsame Zeit, das alles ging mit diesem Ausflug in die Stadt zu Ende. Ich ahnte, was er meinte: Der Schrotthaufen von Hütten war hier an der Küste mächtig angewachsen, vornehme Clubs, Banken und Hotels standen wie Oasen in diesen Wüsten von Elend. Dazwischen erhob sich wie eine selbstsichere Matrone die alte evangelische Kirche aus der Zeit, als die Deutschen hier waren.

Die immer wiederkehrenden Geruchswellen von verfaultem Obst und Kloake waren nur schwer zu ertragen.

»Es stinkt, wo Menschen keinen Halt mehr finden«, flüsterte er. Ich verstand ihn kaum, denn ich ging einen halben Schritt hinter ihm.

»Stinkt es in den Städten Europas nicht?« Ich erwartete keine Antwort. Er lächelte böse. Manchmal röhrte die Hupe eines Autos, Verkäuferinnen kreischten an den Marktständen am Straßenrand und auf Bürgersteigen.

Das war bei unserem letzten Besuch in Dar vor fünf Jahren noch anders, da waren Schwarz und Weiß säuberlicher getrennt. Da gab es stabile Schutzwälle zwischen ihren Wohnbezirken, Stadtteile für Schwarze im Süden, für Inder, Araber und Weiße weiter nördlich. Die Grenzen existierten noch, aber sie lösten sich auf. Ich hatte mich gestern umgesehen und ihm beim gemeinsamen Frühstück davon erzählt. Er hatte kein Wort dazu gesagt, und ich wusste nicht, wohin solche Veränderungen führen würden.

Was haben wir in den zwölf Jahren in diesem Land, so laut und hart in dieser Stadt und so ganz anders in den Bergen und Steppen, eigentlich gemacht? Die Frage stellte ich mir seit meiner Abreise aus Kigoma. Als ich ihn darauf jetzt ansprach, sagte er gut gelaunt, seine Erinnerungen wären versehentlich in einen Brunnen gefallen. »Oder sie haben sich durch eure afrikanische Hexerei in Nebel aufgelöst.« Unwillig schüttelte er dann den Kopf, als schämte er sich wegen der heidnischen Bemerkung. Auch wenn er krank war oder Witze machte, blieb er ein frommer Mann.

Wir blieben einen Moment lang stehen und sahen hinüber zum Fischmarkt am Strand. Aufdringlicher Gestank und massenhaft Fliegen, wie ein Netz über allem, im Sonnenglast torkelnde Gestalten der Händler. Mir wurde übel und wir wechselten die Straßenseite, gingen unter die schattigen Arkaden der britischen Verwaltungsgebäude. Hier war es kühler.

Er warf noch einen Blick auf das Wasser des Indischen Ozeans, als suchte er etwas am Horizont. Oder als gäbe es Heilung für ihn in der Weite.

Er betrachtete seine staubigen Schuhe, schnäuzte sich in ein Taschentuch, hustete trocken und wir gingen weiter. Er, der bisher kräftig ausgeschritten war, setzte seine Schritte plötzlich unsicher, weil ein Schwächeanfall ihm das Gehen schwer machte. Ich griff unter seinen linken Arm, um ihn zu stützen. Denn der Mann war krank.

Er trug einen nicht ganz sauberen hellen Tropenanzug, die Jacke hing schief, auf der linken Seite fast bis zu den Knien, weil er ein Dutzend Gewehrpatronen in der Seitentasche trug. Der dunkle Hut passte schlecht zum Rest der Kleidung. Manchmal legte er wegen der Schmerzen eine Hand vor den Bauch.

Wir hatten jetzt das britische Hospital erreicht, überquerten in gleißender Sonne den Hof, und verharrten im Schatten des Eingangs. Eine barfüßige Frau mit einem Säugling hockte auf dem Boden, sie sah zu dem Weißen an meiner Seite hoch und wandte sich sofort wieder ab. Mich beachtete sie nicht. Eine braune Amsel huschte ins Gebüsch. Richard wischte mit einem Zeitungsfetzen aus der Abfalltonne den Staub von seinen Schuhen, bevor wir eintraten. Er sah sich hilfesuchend um, sichtlich erleichtert, der niederträchtigen Morgensonne und dem betäubenden Staub entkommen zu sein.

»Mir wäre ganz lieb, wenn du mitkommen könntest, Ndasenga«, sagte er sanft.

»Wenn das erlaubt ist ...«, gab ich zu bedenken.

Ein Inder oder Pakistani – ich konnte dieses Gesindel noch nie auseinanderhalten – hinter einem Tisch, vor sich eine Kladde, trug seinen Namen ein, blickte mich kurz und verächtlich an, kritzelte eine Nummer auf ein Stück Papier. Wortlos wies er uns den Weg.

Der Gang kam mir endlos vor, in regelmäßigen Abständen schwarz gestrichene Türen. Was für eine verwirrende Welt. Eine knarrende Treppe und noch ein menschenleerer Gang. Schließlich betraten wir einen hellen Raum mit Geräten und dem Geruch von Medikamenten, ich ging immer kurz hinter Richard.

Der Arzt, der sich als Doktor Park vorgestellt hatte, gab ihm die Hand, wies auf eine Behandlungspritsche und bat ihn höflich, Jacke und Hemd auszuziehen. Er ließ nicht erkennen, ob er mich überhaupt wahrgenommen hatte. Ich stellte mich ans Fenster, um nicht im Weg zu sein.

Dieser Arzt, Doktor James Park, war korpulent und rotgesichtig, die dünnen Haare, rosa wie frisches Antilopenfleisch, wie ein Flaum auf der Kopfhaut. Er fühlte Richards Körper ab, stellte leise Fragen, sah ihm in die Augen. An seinem Gesicht konnte ich ablesen, dass er nicht zufrieden war mit dem, was er herausgefunden hatte. Dann nahm er eine Blutprobe, rief nach der Krankenschwester und wechselte mit ihr ein paar Worte. Er führte Richard in einen Nebenraum, ich blieb und wartete.

Aus dem Fenster sah ich auf eine Gartenanlage und ein prächtiges weißes Landhaus. Ein Schwarzer trug einen Eimer Wasser zu den Sträuchern. Am Dachfirst stritten sich verwilderte Tauben, schlugen mit den Flügeln aufeinander ein. Auf der Straße Eselsgejammer.

Die grauen Augen des Arztes huschten eine Stunde später ratlos über den Schreibtisch. Er schob ein paar Papiere von einer Seite zur anderen, nahm mit der Linken seinen schwarzen Füllfederhalter und klopfte damit unhörbar auf das Linoleum. Er hatte keine guten Nachrichten. Aber er wollte den Mann auf der anderen Seite seines Schreibtisches nicht entmutigen. Sicher wäre es ihm lieber gewesen, er hätte eine erträgliche Prognose stellen können. Seine müden Augen bewegten sich wie die eines traurigen Krokodils. Auch manche Ärzte haben Probleme, mit ihren Patienten vom nahen Sterben zu sprechen; sein Kummer stand ihm ins Gesicht geschrieben. Er wusste auch, dass er seinem Gegenüber nichts vormachen konnte.

»Wir könnten hier eine genauere Untersuchung durchführen, Sir …«, sagte der Arzt bemüht sachlich. »Das würde zwei oder drei Wochen dauern mit all den Folgen. Sie wissen schon … Eine Operation ist unvermeidlich …, würde aber noch einmal Zeit in Anspruch nehmen, bis Sie wieder auf den Beinen sind. Wo haben Sie Ihre Familie untergebracht? Im Hotel?«

»Bei den Leatherstones, dem englischen Prediger, in der Burton Street. Nicht weit von der Küste.«

»Könnten Sie da bleiben? Eine Zeit lang?«

»Das ginge. Aber ich habe nur das Geld für die Rückreise. Das Postschiff legt heute Nacht an.« Sie schwiegen beide. Doktor Park notierte umständlich etwas.

»Ich kann jetzt nicht bleiben, Doktor Park. Wenn meine Frau und vier kleine Kinder hier fünf Wochen leben müssen und das Hospital Geld kostet, gehen alle Mittel drauf, die wir für die Heimreise haben. Wer weiß, wann wir wieder eine Passage bis Genua finden würden. Außerdem sind die Tickets schon gekauft.«

»Welche Linie haben Sie gebucht?« Der Arzt fragte vermutlich, um seine Ratlosigkeit zu überspielen.

»Die *Usukuma.* Post- und Fahrgastdampfer. Kommt von Südafrika.«

»Über Aden und Port Said?«

Richard nickte.

»Ihre Familie könnte ohne Sie reisen. Sie bleiben hier, bis Sie gesund sind.«

»Meiner Frau geht es nicht gut. Ich kann sie nicht allein mit vier Kindern reisen lassen.«

»Und wenn Sie sich telegrafisch Geld aus Deutschland schicken ließen?«

»Ausgeschlossen«, sagte Richard. »Devisen ins Ausland brauchen die Erlaubnis der deutschen Behörden, das dauert. Für Missionare ist das bei unserer jetzigen Regierung fast unmöglich. Jede Missionsgesellschaft hat nur ein begrenztes Kontingent Devisen, verstehen Sie? Ich habe gestern mit dem Konsulat darüber gesprochen. Man würde tun, was möglich ist, aber es wäre unsicher und würde Zeit brauchen.«

»Rufen Sie mich einfach an, wenn Sie sich entschieden haben. Auch abends zu Hause«, sagte Doktor Park. Er schrieb seine Telefonnummern auf einen Block, riss den Zettel ab und schob ihn über seinen Schreibtisch. Er wollte zu einem Ende kommen. »Über die Kosten kann man vielleicht noch reden. Ich würde alles versuchen.« Er nickte, versuchte ein aufmunterndes trauriges Lächeln, und bewegte sich auf seinem Lehnstuhl, als würde er sich gleich erheben. Aber er blieb sitzen, so als schulde er dem Mann noch einen Ratschlag für seine Probleme. Auf dem Gang schlug eine Tür, harte Schritte gingen vorüber.

Er hatte keine andere Lösung anzubieten. Der Mann, der da vor ihm saß, war ihm sympathisch, das konnte ich sehen. Vielleicht dachte er an diese andere Sorte *alter Afrikaner*, wie sie sich manchmal selbst nannten. Einige von ihnen waren Teufelskerle, andere wie aus den Abfallhaufen Europas gekrochen. Richard, geschwächt von der Krankheit, sah verwahrlost aus, aber weder durchtrieben noch verkommen.

Während der Arzt den Blutdruck gemessen hatte und Rücken und Brust abklopfte, hatte er unvermittelt begonnen zu sprechen.

»Diesem weißen Pack würde ich gern die Tür vor der Nase zugeschlagen, wenn sie ihre Syphilis behandelt haben wollen. Immer möglichst schnell, verlangen sie. Sie stinken nach Verwahrlosung. Sie schwängern bedenkenlos schwarze Frauen und stecken sie mit ihren Krankheiten an. Sie raffen Geld zusammen. Sie schießen, als wäre die Ausrottung von Afrikas Tieren Bürgerpflicht. Sie trinken alle zu viel. Egal aus welchem Land in Europa sie stammen, mutieren sie hier in Afrika zu Despoten, Hurenböcken, Dieben und Mördern. Die Afrikaner sind wehrlos gegen diese *Kuhzecken*, wie sie solche Weißen unter sich nennen, und eine gleichgültige britische Verwaltung macht ihnen das Leben im Protektorat leicht!«

Jetzt schwieg der Arzt, blickte auf seine Aufzeichnungen, dann auf Richard.

Vor ihm, an der anderen Seite des Tisches, saß kein weißer Herrenmensch. Außerdem war der Mann fertig und wusste es.

»Sie hat die Liebe zu Gott nach Afrika geführt«, sagte er jetzt. »Ich weiß einiges über Ihre Jahre in Tanganjika. Man kennt sich in der kleinen britischen Kolonie und erfährt ungefragt gewöhnlich mehr, als man unbedingt wissen will. Ich hoffe, man macht Ihnen keine Probleme bei der Ausreise … Sie haben Schmerzen?«

Richard nickte mit geöffnetem Mund, wie ein Fisch, der nach Luft schnappt. Der Arzt ging an den Wandschrank. Das Türchen knarrte. Er suchte sorgfältig unter den Medikamenten, ich sah auf seinen leicht gebeugten mächtigen Rücken. Doktor Park stellte ein Röhrchen mit Tabletten auf seinen Schreibtisch. Er füllte aus einer Kanne ein Glas mit Wasser und stellte es vor Richard auf den Schreibtisch.

»Nehmen Sie zwei davon, das reicht bis heute Abend, um schmerzfrei zu sein.«

Als Richard ihn fragend ansah, was zu bezahlen sei, winkte er ab. Um seine großherzige Geste zu überspielen, wechselte er das Thema.

»Sie mögen ihre jetzige Regierung nicht besonders, vermute ich.«

»Nein. Die werden bald einen Krieg vom Zaun brechen.« Ich sah, dass Richard plötzliche Müdigkeit überfiel, wie ein lähmender Fieberschub, als er die Tabletten schluckte.

»Sie werden sich gleich besser fühlen, wenn die Tabletten wirken.«

Park beugte sich nach vorn, als wollte er den Mann trösten und suchte noch nach Worten.

»Schon ein Aspirin wirkt bei mir wie eine Droge.«

Richard lachte gequält. Er stand auf, um nicht der Versuchung nachzugeben, seinen Kopf auf den Schreibtisch zu legen und einzuschlafen. Vielleicht wollte er auf die Frage des Arztes ausführlicher antworten, sich auf diese Weise bedanken. Er brachte die Kraft dazu nicht auf. Er stand auf, bleiche Erschöpfung im Gesicht. Ich griff das graue Bündel mit dem Gewehr. Richard gab dem Arzt die Hand, da stand ich schon auf dem Flur. Wir gingen. Als ich mich umblickte, stand Doktor Park in der Tür und sah uns nach.

Im Eingang hielt die Frau mit dem Kind uns eine offene Hand entgegen, aber Richard bemerkte es nicht. Ich war zu arm, um einer Bettlerin Geld zu geben.

Uns schlug die Sonne schmerzhaft in die Augen.

»Mir bleibt nur ein Tag, etwas zu unternehmen«, sagte Richard, ohne mich anzusehen. »Wir sollten keine Zeit verlieren.«

»Gehen wir in den Schatten, *Bwana*! In dieser Sonne wirst du den Tag nicht überleben.«

Er riss sich zusammen. Auf der gegenüberliegenden Seite der Straße, etwas zurückliegend, gab es ein indisches Restaurant. Das Schindeldach schwankte in der erhitzten Luft über dem Asphalt, darunter lockte der Innenraum, eine schwarze, ruhige, kühle Höhle. Vielleicht konnten wir eine halbe Stunde im Schatten sitzen, bis die Tabletten bei ihm wirkten, und wir besprechen konnten, was er eigentlich vorhatte.

Als er über die Hügel kam

Ich hütete die Ziegen meines Vaters und hatte ihn schon von Weitem gesehen, ein schwarzer Punkt, der sich bewegte, der in einem Tal verschwand und größer wieder sichtbar wurde. Er kam stetig näher. Es war Regenzeit und weithin war alles grün. Bald konnte ich erkennen, dass seine Schritte kraftvoll und sicher waren. Auf dem Rücken trug er ein Bündel, in der einen Hand eine große Tasche, in der anderen einen länglichen Gegenstand, der in ein weißes Tuch gewickelt war. Ich stand einfach so herum, weil meine Tiere ruhig grasten, und sah ihm neugierig und ängstlich entgegen, denn hier bei uns lebten damals keine Weißen. Ungefähr zwölf Jahre war ich alt und als er mich anblickte, wusste ich, dass ich bei ihm bleiben wollte. Eine innere Stimme sagte mir, dieser Mann sei ein besonderer Mann und es hätte etwas zu bedeuten, dass ich ihn traf.

Er warf erleichtert sein Gepäck auf die Erde und sah sich um.

»Wie heißt du?«, fragte er mich in unserer Sprache.

Ich sagte ihm, ich hieße Ndasenga.

»Ist das hier der Löwenhügel, Junge?« Ich nickte.

»Ndasenga. Bist du ein Christ?« Er sagte es, als sei es keine echte Frage. Er setzte sich auf die Wiese und betrachtete aufmerksam die Ziegen, dann ging sein Blick zu den Wäldern hinüber. Wenn er mit dem vielen Gepäck die dreißig Kilometer den Weg von Kigoma bis zu uns gegangen war, musste er erschöpft sein. Man sah ihm das nicht an.

»Nein. Hier gibt es keine Christen«, sagte ich.

»Ndasenga ist ein christlicher Name.« Er summte eine Melodie vor sich hin. Dann blickte er mich mit diesem Lächeln an, das ich nie vergessen werde. »Richtig, hier gibt es noch keine Christen … Hilfst du mir, mein Zelt aufzubauen?«

Ich bedeutete ihm mit einem eifrigen Kopfnicken, dass ich ihm helfen würde. Meine Ziegen hatte ich schon vergessen. Dann fragte ich ihn leise und ohne ihn anzusehen, weil ich so aufgeregt war: »Kann ich dein Boy werden, *Bwana*?«

Ich hatte davon gehört, dass Weiße einen Boy brauchen, jemanden der ihnen hilft, sich hier zurechtzufinden. Genauere Vorstellungen hatte ich nicht von den Aufgaben eines Boys.

»Ja. Ich brauche jemanden an meiner Seite. Aber frag zuerst deinen Vater. Mein Begleiter kannst du nur werden, wenn er einverstanden ist. Wenn das Zelt steht, versorgst du die Ziegen und bringst mich zum König Lusimbi.«

Er war geschickt und zeigte mir alles in Ruhe. Ich hatte noch nie ein Zelt aufgebaut und lernte schnell, was zu tun war; dass man mit einer Seite beginnt und sich voran arbeitet. Warum schlug mein Herz, wenn ich ihm zusah? Heimlich beobachtete ich seine Bewegungen, sie waren zupackend und sicher, er strahlte Ruhe und Einsamkeit aus. Sein Gewehr lag jetzt offen auf dem Tuch neben seiner Tasche. Ich hatte Gewehre nur von Ferne bei durchreisenden Weißen oder den britischen Soldaten gesehen. Weiße trugen sie immer bei sich, wie unsere Männer den Hirtenstab oder den Speer. Er ließ seine Flinte achtlos liegen, als habe er keine Sorge, ich könnte sie ergreifen und davonlaufen. Das machte mich stolz, weil er mir einen Diebstahl nicht zutraute. Es war sicher meine Aufgabe als Boy, ihm zu Vorsicht zu raten, denn hier in Matiazo wird viel geklaut.

So wurde ich der Boy von *Bwana* Richard. Den Namen Löwenherz hatte ihm später spaßhaft der König gegeben, als dieser Mann so viele Löwen und Leoparden abknallte. Sie waren eine richtige Plage für die Leute hier. Nicht einmal auf dem Dorfplatz waren die Kinder sicher und die Frauen getrauten sich kaum auf die Felder. Leoparden drangen nachts sogar in die Ställe und Hütten ein. Bald verbreitete sich Richards Ruf als großer Jäger, aus vielen Dörfern schickten sie Hilferufe.

Vielleicht hatte der Forscher Livingstone oder sonst ein Europäer dem König erzählt, wer Richard Löwenherz war. Weiß der Teufel! Ich hatte damals keine Ahnung, wer Livingstone war und ob er jemals hier in unserer Gegend gewesen ist. Der Mann hieß natürlich nicht Löwenherz, sondern Richard May. Vielleicht nannte ihn König Lusimbi auch Löwenherz, weil er sein Zelt, und später sein Haus, auf jenem Hügel errichtet hatte, den wir Löwenhügel nannten. Hier lagerten sie früher in Rudeln an den Nachmittagen, blickten mit erhobenen Häuptern in die Täler, und niemand getraute sich in die Nähe.

Ich habe eine Menge mit Richard May erlebt, das könnt ihr mir glauben!

Die Aufregung begann eine halbe Stunde später mit seinem ersten Besuch beim König. Ich lauschte ihrem Gespräch, niemand nahm Notiz von mir.

»Bist du der Mann, der hier die Schule baut?«, fragte ihn Lusimbi. Er blieb auf dem Boden sitzen, hatte ihm nicht die Hand gegeben und ihn nicht aufgefordert, in sein Haus zu kommen. Seine Berater – Unterkönige, Zauberer in voller Montur und Medizinmänner – saßen um ihn herum im Schatten eines Laubbaumes vor dem Königshaus. Sie betrachteten den Weißen wie einen Eindringling, voller Ablehnung, Neugier und Furcht.

»Ich bin Missionar«, sagte der Mann.

»Ich will hier nur eine Schule und einen Lehrer!« Lusimbi fuhr zornig mit seinem Königswedel durch die Luft. Er hatte einen verschlagenen Ausdruck in den von *Pombe* blutunterlaufenen Augen. Ich weiß nicht, ob Richard May es sah. Er lächelte nur und blieb ruhig. Dann hob er seinen Zeigefinger und sagte: »*Mwami*, wenn du eine Ziege hast, die nur meckert. Welchen Wert hat diese Ziege für dich?«

»Eine Ziege gibt Milch, Leder und Fleisch. Sonst taugt sie nichts.«

»Richtig. Ich bin gekommen, um eine Schule zu bauen und zu unterrichten. Fleisch und Milch habe ich auch in meinem Auftrag. Das Wort Gottes für die Seelen und Heilung für die Kranken.«

»Diese Art Milch und Fleisch wollen wir nicht«, antwortete der König giftig. Unter den Männern erhob sich ärgerliches Gemurmel und einige griffen ihre Speere.

»Du willst also eine Ziege, die nur meckert. Beim *Provincial Commissioner* hast du zugesagt, dass ich hier unterrichten, heilen und missionieren kann. Dafür haben sie dir dein Amt als König bestätigt und Geschenke gemacht. Willst du dich mit den Engländern anlegen?«

Inzwischen hatten sich Frauen und Kinder neugierig auf dem Vorhof des Königs versammelt, einige hatten vielleicht noch nie einen Weißen gesehen. Lusimbi beugte seinen faltigen nackten Oberkörper nach vorn und zeigte mit seinem Zeigefinger auf den Mann.

»Du drohst mir mit den Engländern?« Er sprach, die Augen zu Schlitzen zusammen gekniffen. »Bist du als Spitzel der Engländer zu uns in die Berge gekommen?«

»Versuch es nicht auf diese Tour! Es geht um den Vertrag mit der Regierung. Hättest du ihn nicht unterschrieben, wäre ich nicht hier!«

Weil der König und seine Berater betreten schwiegen, fuhr der Mann fort: »Ich bin von weither gekommen, um hier gegen die Finsternis zu kämpfen. Die Unwissenheit will ich vertreiben, die Angst vor Zauberei und den bösen Blick, die Unkenntnis der Bauern, Krankheiten die zum Tode führen. Erwachsene und Kinder werden den Retter der Welt kennenlernen, die Bauern bessere Ernten haben. Wenn du Gutes für dein Volk willst, dann lässt du das zu. Wenn du aber dein Volk in der Finsternis lässt, werden die kommenden Generationen der *Waha* dich verfluchen.«

Aus dem Kreis der Berater hörte ich böses Grunzen, vor allem die Zauberer regten sich auf. Weil der König schwieg, warf der Mann sein Gewehr über die Schulter und ging einfach fort. Ich folgte ihm.

In den nächsten Tagen bauten wir neben seinem Zelt einen Unterstand aus dünnen Baumstämmen, Ästen und Palmwedeln, wo er Kranke behandeln wollte. Alles, was hier in der Gegend passierte, erfuhren die Menschen im Umkreis von zwanzig Kilometern in Windeseile. Schon zwei Tage später kamen sie aus den Dörfern und von den Hügeln. Mütter mit kranken Kindern, Männer mit Wunden von Schlägereien und von Messern, Verletzungen an Beinen, Armen und am Körper, eitrigen Geschwüren und von Sandflöhen angefressenen Füßen. Immer nahm er Kinder und Frauen zuerst dran. Das führte zu heftigen Streitereien, aber er ließ sich nicht beirren. Ich brachte ihm frisches Wasser in Kalebassen, nahm die schmutzigen Tücher entgegen und reichte ihm Medizin und Geräte, wie er es mir gezeigt hatte. Niemand besaß Geld, den Mann zu bezahlen, er fragte auch nicht danach. Er lud jeden einzelnen zu einer Versammlung ein, um ihnen aus seinem »Buch des Lebens« vorzulesen und mit ihnen darüber zu sprechen.

Bald aber kam niemand mehr. Der Mann schickte mich ins Dorf, um herauszufinden, ob plötzlich alle gesund wären. Die Menschen wandten sich ab, wenn sie mich sahen. Es hatte sich schon herumgesprochen, dass ich zu diesem Weißen gehörte. Niemand wollte mit mir sprechen. Aber von meinem Vater erfuhr ich, was so geredet wurde; ich sah ihm an, dass er in Sorge um mich war.

»Man erzählt sich, dass dieser Mann nachts im Dunkeln im Wald kleine Kinder schlachtet. Ihr Blut, so sagen sie, verarbeitet er zu einer roten Medizin. Man erzählt sich auch, er würde unsere Götter erzürnen.«

Ich fragte ihn, wer diese Geschichten verbreiten würde.

»Leute, die er behandelt hat, sprechen von einer blutigen Medizin, die er ihnen auf die Wunden streicht. Das mit dem Kinderschlachten verbreiten die Zauberer.«

Das berichtete ich Richard. Er ging sofort zum Königshof und platzte in eine Versammlung. An die zwanzig Männer saßen um den König herum auf dem Boden und tranken Bananenbier. Sie waren schon ziemlich hinüber. Zornig fuhr er den König an: »*Mwami*, wenn deine Zauberer diese Geschichten weiter verbreiten, dann bekommst du Ärger!« Er fuhr ruhig fort: »Was sie für Kinderblut halten, nennen wir *Übermangan* und hat mit Blut nichts zu tun. Es reinigt die Wunden und verhindert Entzündungen. Also ruf deine verrückten Zauberer zur Ordnung!«

Dann ging er, ohne eine Antwort abzuwarten. Auf das Grunzen und Schimpfen der Höflinge achtete er nicht. Schon bald kamen die Leute wieder, um sich behandeln zu lassen.

Einen Monat später brachten Träger seine Kisten mit Werkzeug und Haushaltsgeräten aus Kigoma. Er baute sein Haus, achtete darauf, dass nur ein bestimmtes Holz im Dachstuhl und in den Wänden verarbeitet wurde, das nicht von Termiten befallen werden konnte. Wir fällten die Bäume mit seinen neuen Äxten und Sägen. Der Mann kannte sich aus und erklärte mir jede Kleinigkeit. Männer aus dem Dorf arbeiteten nach seinen Anweisungen, sägten Balken und Bretter, schleppten Steine und rührten Lehm an, von dem es hier eine Menge gab. Er bezahlte sie, wenn sie abends ins Dorf zurückkehrten.

Mir gab er kein Geld, denn ich gehörte zu ihm. Später besorgte er mir Hose und Hemd, und ein Paar stabile Sandalen.

Obwohl das bestellte Wellblech auf sich warten ließ, zog er ungeduldig schon die Decken der Zimmer ein und verputzte sie. Der Putz fiel schon beim ersten Regenfall herunter auf sein Bett. Das war eine große Schweinerei, aber er lachte darüber. Später kam die erste Schule an die Reihe. Das alles dauerte, denn er verbrachte viel Zeit in seinem Garten und auf den Feldern, um den Bauern den Kaffeeanbau zu zeigen. Damit könnten sie mehr Geld verdienen, hatte er ihnen gesagt – und viele ließen sich darauf ein. Das Saatgut kaufte er in Ujiji beim Händler Fundi Shabani. Als er kein Geld mehr hatte, unterschrieb er Schuldscheine; Fundi Shabani gab ihm immer, was er brauchte. Er vertraute dem Mann.

In Ujiji ging Richard May den katholischen Priestern aus dem Weg, die sich hier mit Erlaubnis der Engländer breit gemacht hatten. Ich merkte bald, dass er auf die Katholiken nicht gut zu sprechen war. Ich fragte ihn einmal, was er ihnen vorzuwerfen hätte. Da sagte er – und spuckte verächtlich aus: »Die haben zu viel Geld! Sie stellen sich zwischen Gott und die Herzen der Menschen.«

Ich verstand es damals nicht, aber mehr war aus ihm nicht herauszubekommen.

Trotz seiner Abneigung kaufte er der katholischen Mission ein paar Jungschweine ab, um eine eigene Zucht zu beginnen. Davon verstand er eine Menge. Erst später hat er mir erzählt, dass er in seiner Jugend auf einem Bauernhof mit vielen Schweinen gelebt hat. Warum er nicht dort geblieben ist, erfuhr ich erst in der letzten gemeinsamen Nacht.

Diese Sorte Christen, die Katholiken, rückten auch von Norden näher. Sie machten sich an König Bikari von Manyofu heran. Sie würden ihm sofort eine schöne große Schule bauen, versprachen sie – und der König hatte zugestimmt. Eine Schule war gut für das Ansehen eines Königs. Sie errichteten die Schule, aber gleich daneben eine Kirche und eine Art Kloster. Richard tobte und stellte den König zur Rede.

»Manyofu gehört zu meinem Distrikt! Wie kommst du dazu, katholische Priester einzuladen?«

Aber Bikari ließ sich nicht so leicht einschüchtern.

»Du hast mir eine Schule versprochen, *Bwana*. Seitdem sind zwei Ernten vergangen. Wo ist die Schule?«

Der König sah finster an Richard vorbei.

»Ich werde bald Geld für eine Schule haben. Du hast selbst den Vertrag mit dem *District Commissioner* unterschrieben, dass ich hier eine Schule bauen werde! Ein König sollte sein Wort halten!«

»Soll ich Schule und Kirche der Katholiken niederbrennen lassen?«, fragte Bikari listig, ging vor May auf und ab und blickte dabei lächelnd auf den staubigen Boden des Dorfplatzes. Über den Hütten im Westen ragte der katholische Glockenturm auf.

»Nein. Wir werden eine zweite bauen, sobald Geld eingetroffen ist und ich genug Lehrer ausgebildet habe.«

»Sind weiße Lehrer nicht besser? Die Katholischen unterrichten nur mit weißen Nonnen und weißen Mönchen.« Der König war stehen geblieben, immer noch lächelnd, und zupfte wie abwesend an seinem Gewand aus Hirschleder herum.

»Lass dir nicht solchen Unsinn erzählen!«, sagte Richard. »Afrikaner brauchen schwarze Lehrer!«

Dann drehte er sich um, gab mir einen Wink und wir gingen; ich spürte, wie sehr er sich über das Verhalten des Königs, aber mehr noch über die Katholiken geärgert hatte.

Unbeirrt bildete er weiter schwarze Lehrer aus, aber bei den Königen und Chiefs konnte er sie nur mit Mühe unterbringen.

Die Regierung versorgte ihn mit Medikamenten, alles andere war seine Sache. Er war ein armer Sack, der sich nur selten Reis kaufen konnte und wie wir Süßkartoffeln aß. Wegen der Katholiken und weil Geld für die Schulen fehlte, schrieb er lange wütende Briefe an seine Missionsgesellschaft. Als sie ihm zurückschrieben, Gottes starke Hand würde schon Abhilfe schaffen, noch stehe leider kein Geld bereit, giftete er: »Alles schieben sie ihm in die Schuhe!«

In den Abendstunden beim Licht einer Öllampe schreinerte er seine Möbel. Stühle, ein Tisch, ein großes Bett, und ich sah genau zu, um es auch zu lernen. Er war sehr geschickt mit seinen Werkzeugen und dem Holz. Bald würde seine Frau kommen, hatte er mir gesagt, und dabei glücklich gelächelt.

»Sie soll es hier schön haben, meine *Bibi*!«

Ich wich nicht mehr von seiner Seite und lernte eine Menge. Als das Wellblech angekommen und das Dach gedeckt war, rief er mich, ich solle ihn begleiten. Er hatte einen schwarzsilbernen Kasten unter dem Arm; ein solches Gerät hatte ich noch nie gesehen. Wir gingen über den nördlichen Hügel und eine Graslandschaft zum nächsten Dorf. Es war später Nachmittag und die Bauern kamen von den Feldern zurück. Sie guckten neugierig und blieben stehen, ihre Arbeitsgeräte auf den Rücken. Sie hatten von diesem Weißen gehört, die meisten sahen ihn aber zum ersten Mal.

Richard grüßte mit Handwinken nach allen Seiten und stellte sich mitten auf den Dorfplatz. Dann klappte er seinen Kasten auf, zog ihn auseinander und griff auf beiden Seiten mit allen Fingern auf die vielen Knöpfe und Tasten. Aus den Häusern und Hütten kamen Kinder, Frauen und Männer gerannt, denn aus dem Kasten drang Musik – und der Mann sang dazu. Es war ein fröhliches Lied, das den Leuten gefiel, denn einige begannen zu tanzen.

Plötzlich war der Kasten stumm, der Mann legte ihn auf einen Baumstamm, der da herum lag. Ich hörte seine erste Predigt. Er sprach ohne ein Blatt Papier vor der Nase, stellte zwischendurch Fragen an die Mütter über ihre Kinder, die Männer über die Ernte und ob Leoparden die Gegend unsicher machten – und kam geschickt auf das Evangelium zu sprechen, von Gott dem guten Hirten, der alle Wunden heilt und die Seelen errettet und Sünden vergeben würde.

Mir schien, dass er von den Sünden dieser Leute eine Menge wusste, er schleuderte sie ihnen entgegen, dass viele wie ertappte Verbrecher zu Boden blickten. Beim Predigen riss er oft beide Hände in die Luft, bewegte sie, als begleiteten sie seine Worte.

»Überlegt euch das in euren Herzen«, schloss er sanft. »Ich komme wieder!«

So ging das von Dorf zu Dorf. Bald arbeitete er früh morgens mit mir auf den Feldern, danach unterrichtete er mich und andere Kinder unter einem großen Baum im Schatten, später in der kleinen Schule. In Kigoma hatte er eine schwarze Tafel und Kreide gekauft und zeigte uns allen, wie man Buchstaben schreibt und was sie bedeuten. Bald würden wir Papier und Bleistifte bekommen, versprach er, dann würde es ernst werden mit dem Schreiben und Lesen!

Am Nachmittag zogen wir los in die Dörfer.

Ja, ich ging nie von seiner Seite. Ich war auch dabei, als König Lusimbi krank wurde. Insgeheim lachte ich über seine Angst vor dem Tod und seine Versuche, noch einmal davonzukommen. Er lag in Kigoma im Hospital bei den besten englischen Ärzten, trotzdem ordnete er an, dass zu seiner Rettung hundert Hühner geschlachtet werden sollten. Gleichzeitig verlangte er nach Richard, der habe doch das *Buch des Lebens*! Er konnte sich nicht entscheiden, wer sein Lebensretter sein sollte; die englischen Ärzte, die alten Götter und Zauberer oder Gott der Allmächtige. Weil ihm die Ärzte Milch aufdrängen wollten und ihm *Pombe* verweigerten, ließ er sich zornig nach Matiazo zurückbringen, denn er liebte Bananenbier und hasste Milch. Aber er ahnte wohl, dass sein Tod nahte. Sein eigener Medizinmann hatte es aus den Eingeweiden der Hühner gelesen und es dem König offen ins Gesicht gesagt. Also bestimmte er die acht Leichenbestatter für die Zeremonien. Als Bezahlung wollte jeder eine Kuh, wie es üblich war. Der König wählte aus seiner Herde die magersten und ältesten, denn er war ein Geizkragen. Von Richard wusste ich, dass er zehntausend Kühe und dreiunddreißigtausend Shilling besaß.

Die Bestatter feilschten eine Woche lang, bis der König widerwillig zustimmte, ihnen junge, fette Kühe zu geben. Auch wegen der Spritzen gegen seine Syphilis handelte er tagelang. Richard verlangte als Bezahlung fünfzehn Shilling für jede Spritze, den üblichen Preis, der König wollte nur fünf bezahlen. Er brachte es nicht übers Herz, zehn Shilling draufzulegen – und so ist er gestorben. Niemand konnte ihn retten. Er nahm ja nicht einmal mehr die Medizin seines afrikanischen Leibarztes, aus Angst, vergiftet zu werden.

Kaum hatte sich die Nachricht herumgesprochen, dass sein Ende bevorstand, machten sich einige seiner neun Frauen und die Sklaven davon, um nicht mit ihm beerdigt zu werden. Sie nahmen aus dem Anwesen des Königs soviel mit wie sie tragen konnten.

Nach den alten Regeln unseres Volkes musste der Kopf eines Hohen Toten im Schoß einer seiner Frauen liegen, die Füße auf dem Schoß eines Sklaven; sie waren Wegbegleiter zu den Ahnen und in die Ewigkeit. Man schlug also Frauen und Sklaven kurzerhand tot und beerdigte sie mit ihm, wie es sich gehörte.

Noch war Leben im Körper des Königs, da stampfte schon ein junger schwarzer Stier vor seinem Haus, brüllte in Todesangst und zerrte an seinem Strick. Mindestens drei Tage lang würde die Leiche des Verstorbenen im Fell des Stiers über einem Räucherfeuer hängen, bis drei Maden aus dem Körper krochen, die eines Tages Königslöwen sein würden.

Einen solchen Mist glaubte ich damals schon nicht mehr, obwohl ich noch nicht getauft war.

Der Verstorbene war nach langen traditionellen Zeremonien kaum unter der Erde – an einem versteckten Ort, damit die Geister ihn nicht finden konnten –, da begannen blutige und gewalttätige Tage. Die Männer vernachlässigten die Felder und waren selten nüchtern anzutreffen. Jeder raffte in Hütten und Ställen zusammen, was er in die Finger bekam. Aus Nachbarn waren plötzlich Feinde geworden. Mord und Totschlag herrschten und die Frauen getrauten sich nicht mehr vor die Hütten. Es war, als hätten die Menschen alle guten alten Sitten und Gebräuche vergessen, die verborgenen schlimmsten Anlagen der Menschen waren geweckt. Von meinem Vater wusste ich, dass solche Raserei nach dem Tod eines Königs üblich war. Er hatte es selbst schon erlebt.

Hätte Richard May nicht eingegriffen, mit seinem Gewehr, seinen Prügeln mit der Nilpferdpeitsche, seiner Güte und seinen Predigten, wären noch mehr unserer Leute umgekommen. Um Hilfe der britischen Behörden in seiner Bedrängnis zu rufen, suchte er einen Boten nach Kigoma. Aber niemand getraute sich auf den Weg, weil Überfälle und Morde an der Tagesordnung waren.

In all dem Durcheinander war Löwenherz die Ruhe selbst. Immer wenn es schlimm kam, schien er noch wachsamer und gelassener zu werden. Von Haus zu Haus ist er gegangen, hat die Bauern überredet, ihre Felder nicht im Stich zu lassen und die Kinder in die Schule zu schicken. Ein paar Mal hat er betrunkene junge Männer vermöbelt, die sich Gerätschaften aus leerstehenden Höfen holten. Er schoss als Drohung in die Luft, bis Ruhe einkehrte. Er gebrauchte seine Stimme, seine Fäuste und die Nilpferdpeitsche.

Sogar den Teufel hat er in allem Durcheinander einer Frau ausgetrieben; er, der nichts von Zauberei hielt, jagte den Satan aus ihrem Kopf. Die Frau war schon vierzig Jahre alt oder älter, sie tobte und geiferte nackt auf ihrer Matte, es stank entsetzlich nach Kot, Urin und Schweiß. Sie sprang auf, als der Missionar auftauchte, und raste durch die Rundhütte, warf Gerätschaften und Früchte von den Regalen, spuckte in das Feuer, kreischte und fuhr drohend ihre Finger aus wie Krallen. Er stand im Eingang und ließ sich wortlos beschimpfen. Nur wenn sie ihn schlagen und kratzen wollte, schützte er sein Gesicht mit seinen Armen und stieß sie von sich. Erst als sie erschöpft, aber immer noch um sich geifernd, auf ihr Lager sank, trat er zu ihr, breitete ein Tuch über ihren Körper, kniete nieder, legte seine Hände auf ihre Stirn und betete. Kein magisches Feuer, keine Beschwörungen, keine heiligen Bücher oder Hühnereingeweide. Ich sah ihn auf der Erde knien, sein Gesicht nahe am Kopf der Frau. Von seinem Gebet verstand ich nichts, denn er redete in seiner Sprache. Einmal fuhr er mit einer Hand über seine Augen, als wollte er Tränen abwischen. Er war ja so sicher, dass er den Teufel überwältigen konnte. Es gelang! Ich war selbst überrascht und richtig stolz, wie er das hinkriegte.

Wenn es bei uns jemanden so böse erwischt hat wie diese Frau, endet es oft mit Totschlag, weil sonst keine Ruhe einkehrt.

Diese Geschichte erzählte man sich lange noch in den Dörfern, ausgeschmückt mit einigen Albernheiten. Jesus sei in einem hellen Licht erschienen, bekleidet mit einem Leopardengewand. Er habe einem schwarzen Teufel in Ketten hinter sich her gezogen und war begleitet von Engeln mit Flügeln, die den Teufel mit Knüppeln kräftig vermöbelt hätten.

Schließlich wurde der neue König gewählt. Mit zwei Autos kamen der *Provincial Commissioner* von Tabora, die *District-* und Polizei-*Commissioners* aus Kigoma und zwei *Assistant District Officers* aus Kasulu. Solchen Aufwand trieben die Engländer, wenn es galt, einen neuen König einzuführen.

Als sie alle versammelt waren, verkündete einer der Leichenbestatter laut, Lusimbi sei nach der Sitte der Väter bestattet und tatsächlich tot, er selbst habe zwölf Tage und Nächte an seiner Leiche Wache gehalten und diese mit Butter eingerieben.

Dann trat Großhäuptling Kigabo vor und fragte die versammelte Menschenmenge: »Wünscht ihr einen neuen König?«

Das Volk, es waren sicher an die fünfhundert Menschen, antwortete: »Ja, wir wünschen einen neuen König!«

Jeder hier wusste, dass Lubimbi seinen eigenen Sohn vergiftet hatte. Deshalb zog Kigabo Lusimbis Enkel Mgassa aus dem Königshaus und setzte ihn auf den Thron. Da trat der *Provincial Commissioner* vor, zeigte auf den jungen Kerl und fragte das Volk: »Wollt ihr diesen zum König haben? Soll er euer Richter und Führer sein?«

Als das Volk einstimmig Ja rief und die Arme zustimmend in die Luft flogen, überreichte er dem neuen König den Speer. So wurde Mgassa unser neuer König und es traten wieder Ruhe und Ordnung ein.

Vor einer Woche ist Richard mit seiner Familie aus unserem Dorf abgereist. Ich begleitete ihn und das Gepäck zur Eisenbahn nach Kigoma. Ein paar getaufte Männer aus der Gemeinde trugen seine Frau und die Kinder in einem großen Tuch, das an Stöcke gebunden war. Der Mann ging voraus, obwohl er mit seinen Kräften am Ende war. Wortlos marschierten wir die fünf Stunden, ohne eine Pause einzulegen. Ich wusste, er hatte Angst, sich hinzusetzen um auszuruhen, aus Angst nicht wieder aufstehen zu können.

In den letzten Monaten hatten wir immer wieder ein, zwei Wochen in Kigoma verbracht, waren von den Bergen Uhas herabgestiegen, weil ihm das Klima unten am See Linderung verschaffte.

»Ich habe hier weniger Schmerzen«, sagte er mir. Ich bestand darauf, ihn zu begleiten. Er wohnte bei dem raubeinigen Missionar Walter Jung und seiner Familie. Ich bezog eine Ecke im Haus meiner ältesten Schwester und ihrem Mann, der eine kleine Küche für Arbeiter betrieb und damit sein Geld verdiente. Wenn die Sonne aufging, stand ich schon vor dem

Haus und wartete darauf, ob es für Richard etwas zu tun gab. In dieser Zeit gab es kaum etwas zu tun. Ich blieb trotzdem immer bis zum Abend in seiner Nähe. Wenn er auf dem Balkon saß, eine Wolldecke auf den Knien, brachte ich ihm Tee und rührte vorher eine Medizin hinein. Das musste heimlich geschehen, denn es war das Schmerzmittel eines zuverlässigen afrikanischen Heilers. Hätte er davon Wind bekommen, hätte er mich verjagt oder verprügelt. Das Pulver würde gegen die Schmerzen helfen, aber er würde nicht daran glauben. Ich weiß bis heute nicht, ob es bei ihm gewirkt hat.

Wenn die Sonne unterging, erzählte er mir manchmal Geschichten aus seiner Heimat und wie es da aussieht; von seinem behinderten Vater und ihrem Bauernhof. Er stand auf, griff sich einen Besenstiel und machte spaßhaft das Humpeln seines Vaters nach. Und er verstellte die Stimme, sprach in einer seltsamen Sprache, anders als das Deutsche, das er mit seiner Frau benutzte. Dabei lächelte er glücklich. Wenn er so erzählte, wurde er heiter und ich spürte, wie sehr er seinen Vater liebte.

Warum er das alles, seine Eltern, seine Heimat verlassen hat, erfuhr ich erst in der letzten gemeinsamen Nacht.

Ich versuchte mir vorzustellen, wie *Bwana* Richard als Bauer die Kühe auf die Weide trieb und hinter dem Pflug und den Pferden herging. Pferde kannte ich nur von Fotos, er beschrieb mir seine Arbeit so genau, dass ich mir eine Vorstellung machen konnte.

»Bei uns war im Sommer alles grün«, sagte er.

Es war nicht leicht für mich, mir Frühling, Sommer, Herbst und Winter vorzustellen.

Als ich sein Boy geworden war, verließ ich meinen bisherigen Lebenswandel und ging zur Schule. Ich verschloss die Gedanken an meine Ahnen bis auf weiteres in meiner Seele und wurde Christ. Er taufte mich in einem weißen Kleid am Wasserfall, einige hundert Meter von seinem Haus entfernt. Ich verabschiedete mich von meinen Eltern und Freunden und lebte bei ihm. Auch als seine Frau kam und später die Kinder geboren wurden, blieb ich. Er schlug mir vor, weil ich in der Schule gut lernte, Diakon zu werden – und ich sagte, ich würde es mir überlegen. Er hat bei den Engländern durchgesetzt, dass ich zwei Jahre lang die *Tabora School* besuchen durfte; die war nur für Königssöhne und die der Chiefs vorgesehen. Ich habe durchgesetzt, dass ich nicht Diakon, sondern Lehrer wurde, das schien mir vernünftiger.

Ich habe alle Bücher der Schulbücherei in Tabora gelesen. Dieser Mann hat dafür gesorgt, dass ich mich mit Büchern vollstopfte. Ich kriegte eine Ahnung davon, wie groß die Welt ist und was anderswo die Menschen so treiben. Was ich da las, interessierte selbst unseren König Mgassa, der sich nicht taufen lassen wollte, weil er dann acht von seinen neun Frauen hätte wegschicken müssen und eine Menge seiner Kinder mit ihnen. Mgassa war neugierig auf die Welt. Immer wenn ich ein Buch ausgelesen hatte, musste ich ihm davon berichten. Vielleicht hat er auch von mir erfahren, wer Livingstone und Stanley waren, und Richard Löwenherz. Ich weiß nicht mehr, wann der Name zuerst gefallen ist.

Ich bin, ohne dass Richard es wusste, im gleichen Zug mitgefahren, den seine Familie nach Dar es Salaam genommen hatte. Für meine Fahrkarte der vierten Klasse musste ich mir Geld bei allen möglichen Leuten erbetteln. Das war nicht einfach bei meinen armen Nachbarn, schließlich musste ich unseren König um Hilfe bitten, weil es nicht reichte. Ich versuchte es, obwohl ich wusste, dass er ein Geizkragen war wie sein Großvater Lusimbi.

Mgassa hatte nicht immer ein gutes Verhältnis zu Richard. Es gab da einen Vorfall, den er ihm böse angekreidet hat. Mgassa hatte einen Zauberer zu sich bestellt. Als der mit allen seinen Gerätschaften am Missionshaus vorbei kam, lockte ihn Richard in sein Haus, setzte ihn vor sein Harmonium und schlug ihm vor, einmal auf die Tasten zu drücken. Er selbst bediente heimlich mit einem Fuß den Balg, und es donnerten plötzlich wilde Töne durch den Raum. Der Zauberer sprang vor Angst durch das Fenster, ließ alle seine Geräte zurück, und verschwand im Busch. Mgassa erfuhr davon und schrieb einen bösen Brief an Richard.

»Ich störe Deine wunderlichen Stunden mit Gott, seinem Sohn und einem unsichtbaren Heiligen Geist auch nicht! Also lass auch Du die Finger von meinen Getreuen!«

Als er hörte, dass ich Richard begleiten wollte, nickte er bedächtig und gab mir so viel Geld, wie mir fehlte.

Ich wusste nicht, wie ich es ihm zurückzahlen sollte. Das war damals aber meine geringste Sorge.

Die Fahrt dauerte vier Tage und Nächte. Ich hatte Hunger, das machte mir nichts aus. Richard fuhr mit seinen Leuten in der Zweiten Klasse, ich in der vollgestopften vierten; um mich herum allerlei Volk, deren Sprachen ich oft nicht verstand, Arbeiter mit Frauen und Kindern, Händler und Huren und eine Menge Viehzeug. Wenn der Zug hielt, schlich ich vorsichtig an den Fenstern vorbei, um zu sehen, ob bei Richards Familie alles in Ordnung war. Sie bemerkten mich nicht, denn an allen Haltestellen strichen lärmend Leute um den Zug herum, die etwas an die Reisenden verkaufen wollten. Gekochte Eier, Tomaten, Mangos, gebratene Hühner, gebackene Mehlkugeln zum Beispiel.

Mama Margarete, Richards Frau, hatte zwei Wochen vor der Abreise ihr viertes Kind bekommen. Jetzt verhandelte sie mit den Leuten an ihrem Waggon, um eine Kürbisschale voll Milch zu erstehen. Ich sah von weitem ein paar Geldscheine in ihrer Hand und ihr abgekämpftes Gesicht.

Als das Kind geboren war, wurde das für uns eine lange Nacht der Trommeln und des Biersaufens. Ich war, ehrlich gesagt, ziemlich hinüber! Ich glaube, ich trank aus Trauer, weil sie bald abreisen würden. Man wollte nur noch die Geburt abwarten, das Kind sollte nicht unterwegs im Zug oder auf dem Schiff geboren werden.

Betrunken, wie wir waren, haben wir die halbe Nacht lang getanzt und mit Mädchen herumgespielt. Gut, dass er das nicht mitbekommen hat, er hätte mir die Hölle heiß gemacht. Er kümmerte sich um sein neues Kind und seine Frau, der es schlecht ging. Sie war ziemlich fertig und ihr Mann hatte Angst, sie könnte sterben. Da musste er schon gewusst haben, wie es um ihn selbst stand.

In ihrem Abteil lag er ausgestreckt auf dem Rücken, als wäre er schon tot. Die Frau saß, mit dem Baby auf dem Schoß, ihm gegenüber, die älteste Tochter und die beiden anderen stocksteif wie Puppen neben ihr. Sie hatten alle Angst wegen der Krankheit des Mannes. Nichts anderes beschäftigte sie, deshalb hatten sie auch keine Augen, um mich in der Menge und am Fenster zu bemerken. Denn diese Frau kriegte sonst alles mit!

Wie viele Segen hat er noch?

Als wir das Krankenhaus verließen, beobachtete ich heimlich meinen Gefährten. Mir zog sich das Herz zusammen. Ein Anblick wie von einem Sterbenden. Ich erkannte es weniger an den Augen oder an der Haltung; der Tod begleitete ihn unsichtbar, wie ein Geheimnis, das nur der sieht, der liebt und sich sorgt. Wir standen noch im Schatten. Er hatte seinen dunklen Hut in den Nacken geschoben und sah nachdenklich aus.

»Gib mir die Flinte.«

Er nahm das Bündel. Was will er hier in der Stadt mit einem Gewehr? Er will doch wohl nicht jagen? Vielleicht den Engländern eines auf den Pelz brennen? Mir kommen manchmal alberne Gedanken, oft hat der Mann darüber gelacht, wenn wir unterwegs waren.

Was hatte er vor?

Er überquerte langsam die Straße, ohne ein Wort der Erklärung. Er schleppte sich dahin, ich nahm ihm das Bündel einfach ab, und er wehrte sich nicht.

»Ich bin schon wie ein armer Lazarus«, sagte er. Wir lachten ein bisschen, aber ohne Freude.

Lazarus war ein armer Kerl aus der Bibel. Völlig fertig lag er da am Weg, niedergeschlagen und ausgeplündert von Räubern, und niemand, bis auf einen Kerl namens Samariter, hat sich für ihn interessiert. Oder schmeiße ich schon die vielen Geschichten durcheinander? Ich bin nicht sicher. Mich hat er auch mal einen armen Lazarus genannt, als ich ihm von meinen Heiratsplänen erzählte. Da habe ich ihm geantwortet, ich besäße ja wohl mehr Ziegen als er.

Ich wollte in seiner Nähe bleiben, bis er auf dem Schiff nach Europa war und mich nicht mehr brauchte. Dann musste ich noch das Geld für die Rückfahrt verdienen. Er würde mir das Geld geben, aber er war arm wie unsereins. So ist er immer gewesen, kein Weißer wie die Katholischen, die Engländer, Jäger, Diamantensucher oder Händler. Sein halbherziger Versuch, ein wohlhabender Mann zu werden, war vergeblich; ich hätte es ihm vorher sagen können. Oder er hätte seine Bibel genauer lesen sollen! Da wird den Gläubigen an keiner Stelle Reichtum versprochen, wenn ich alles richtig verstanden habe.

Er steuerte auf das indische Lokal zu. Vielleicht hatte er Hunger, aber ich fragte nicht.

»Eine kleine Pause, dann gehen wir weiter«, sagte er matt.

Er setzte sich in den Schatten an einen der vorderen Tische. Inder sind für viele Weiße eine Sorte Dunkelhäutiger, die sie gerade noch ertragen können. Der Kellner, mit Gesichtszügen einer Hyäne, stand buckelnd vor Richard, hörte sich seinen Auftrag an und verschwand im Dunkel der hinteren Räume. Er hatte für uns beide Tee bestellt, der Kellner sah mich nur scheel an. Weil ich das Bündel trug für einen Weißen, konnte er mich nicht rausschmeißen.

Richard ließ sein Glas unberührt. Er nahm das Bündel wieder an sich und hielt es in der Umhüllung auf dem Schoß.

Oh, der Mann, mit dem ich unterwegs war zu einem unbekannten Ziel, hatte eine Menge Probleme am Hals. Er selber krank, kein Geld und vier kleine Kinder. Dazu eine Frau, die mit ihren Kräften am Ende war. So wollte er die Heimreise antreten. Kein Wunder, dass er ratlos vor sich hinstarrte.

Auf der Straße latschten ein paar schwarze Nutten vorbei. Ich erkannte Nutten sofort. Nur weil ich viele Jahre mit einem frommen Mann unterwegs war, bin ich nicht blind geworden für diese Welt und was da so abläuft.

Er flüsterte, sein Magen würde rebellieren, wenn er den Tee anrührte. Er hielt sein Gewehr immer noch auf den Knien wie einen Besitz, den es zu behüten galt. Was hatte er sonst? Er fasste jetzt an seine Jackentasche, um sicher zu sein, dass die Patronen da waren. Sie hätten im Krankenhaus unbemerkt auf den Boden fallen können, als er zur Untersuchung seinen Oberkörper frei machte. Für die beiden Nutten hatte er keinen Blick. Die Größere hatte sich die Lippen grell geschminkt. Sie trug ein europäisches kurzes Kleid mit rosa Rüschen. Schöne Beine, kein dicker Arsch. Die Haare hatte sie sich mit einer Brennschere künstlich lang ziehen lassen, sie standen struppig in den Himmel. Die Kleinere latschte auf ausgetretenen Sandalen aus Autoreifen, gehüllt in ein buntes Tuch, einen halben Schritt hinter ihrer Kollegin her, so als fühlte sie sich minderwertiger.

Es gab weiße Männer, die sich schwarze Huren in ihr Hotel bestellten. Natürlich mussten sie den Hintereingang nehmen und vor dem Geschäft gründlich duschen. Manchmal bezahlten die Weißen nicht, hatte ich gehört. Klagen bei der Polizei waren zwecklos. Erinnerungsfetzen an solches Gerede, die wie zerfledderte Zeitungsreste durch meinen Kopf wehten, überfielen mich oft an diesem letzten Tag mit ihm. Richard sah jetzt nicht gut aus, plötzlich schien ihn wieder die Müdigkeit zu überfallen. Er schloss die Augen, um Kräfte zu schöpfen. Dann kramte er in der rechten Seitentasche seiner Jacke und zählte ein paar Schillinge auf den Tisch. Er blieb trotzdem sitzen, als fiele ihm das Aufstehen schwer.

Am Nebentisch setzte sich eine schwarze Frau schüchtern auf die vordere Kante eines Stuhls. Sie hatte einen Säugling im Arm und redete leise vor sich hin, als würde sie lange Gebete murmeln oder mit dem Kind sprechen. Ich verstand kein Wort von dem, was sie vor sich hin brabbelte.

»Sprichst du mit mir?«, fragte Richard zur Seite hin. Die Frau sah nicht auf und setzte ihre undeutliche Litanei fort. Der Kellner stürmte mit langen Schritten und offenem Mund herbei, um die Frau, die einen weißen Gast belästigte, hinauszuwerfen. Richard wies ihn mit einer Handbewegung zurück.

»Lass sie!« Er wandte sich wieder der Frau zu: »Wenn du mit mir reden willst, dann komm an meinen Tisch.« Die Frau sah immer noch nicht auf. »Also was ist?« Vielleicht hatte sie Probleme, Kisuaheli zu verstehen? Richard wusste, dass sie es auf ihn abgesehen hatte. Sie stand auf und blieb vor unserem Tisch stehen. Mit Demut, und doch mit einem Trotz in ihrer Haltung, als habe sie eine heftige Forderung an Richard, wenn nicht an die ganze Welt.

»Was willst du?«, fragte Richard.

»Für mein Kind«, flüsterte sie.

»Willst du Geld? Geld kann ich dir nicht geben, Mama. Hast du keinen Mann, der dich versorgt?«

»Er ist weggegangen. Segne das Kind«, sagte sie leise.

»Woher weißt du, dass ich ein Geistlicher bin?«

»Ich sehe es.«

Richard stand auf, stellte das Gewehrbündel an die Wand. Ich wunderte mich, wie kräftig, beinahe jugendlich er sich plötzlich bewegte. Er legte beide Hände auf den Kopf des Säuglings, murmelte halblaut einen Segen und bat Gott-Vater und seinen Sohn Jesus Christus um Gnade und Glück für diese Frau und ihr Kind. Während er sprach, betrachtete ich die geschlossenen Augen des Säuglings,

Er hat auch einen Säugling zu Hause. Wie viele Segen hat er noch zu verteilen?, ging es mir durch den Kopf, und ich betrachtete den Mund der Frau, ihren Haaransatz am Kopftuch, ihre müden Augen, ihr ungeduldiges Lächeln.

Viele Geschlagene leben in unserem Land, dachte ich. Aber vielleicht schenkte Gott diesem Kind seine gute Hand. Woher wusste die Frau, dass er Geistlicher war, ein Missionar? Die

Frau bedankte sich nicht, deutete nur einen Knicks an und trat langsam auf den schmalen Bürgersteig. Sie stand da, starrte kurz in den Himmel und war schon im Menschenstrom verschwunden, als Richard mir ein Zeichen gab und sich mit seinem Gewehr erhob.

Er winkte der indischen Bedienung, zeigte auf die Münzen und trat auf die Straße. Er schien immer noch nicht zu wissen, was jetzt werden sollte, hatte keinen brauchbaren Entschluss gefasst. Statt mit mir darüber zu reden, hatte er sich auf den Segen für ein fremdes Kind eingelassen. Aber ich hatte mir längst abgewöhnt, ihm ungefragt Vorschläge zu machen, wenn er nachdenklich war. Das war auch jetzt nicht angebracht. Es schien mir, als leuchte sein Gesicht auf, als überkäme ihn Freude, als fühlte er sich befreit, als habe er etwas Gutes getan. Er denkt immer, Gott führe ihn, weise ihm den Weg. Er hat, solange ich ihn kenne, einen Gott gepredigt, der ein wegweisender Gott ist. Er war für ihn Erde und Regen und Pflanze. Ein Gott vom Land, der sich für Religionen und Theologien weniger interessiert als für eine gute Hirse und Mittel gegen die Kaffeeschädlinge.

Man kann Gott nur so predigen, wie man sich selbst erträumt, hat er mir einmal gesagt. Unser armer Kopf würde ihn und sein Wesen sowieso nicht begreifen. Das habe er leider erst spät erkannt.

»Ich habe Lust auf ein Glas Whisky oder Gin«, sagte er und sah mich fröhlich an.

Langsam gingen wir, er jetzt beschwingt und mit festerem Schritt, die *Suliman bin Nassor* entlang und bogen in die *Windsor Street* ein, wo es eine Menge Hotels und Geschäfte gab. Wir mieden den belebten Bürgersteig, das Gehen mit dem Gewehr machte so weniger Mühe. Die Straßen waren tagsüber auf beiden Seiten vollgestopft mit Verkaufsständen. Wie unabsichtlich versperrten die Schwarzen den Weg, wenn Weiße auftauchten, als wären sie schwerhörig oder blöd. Unsere Leute hier in der Stadt hatten aufgehört, die Weißen wie ihre Herren zu behandeln.

»Sie spielen die Idioten vor uns und machen uns zu Idioten«, sagte Richard, als hätte er vergessen, dass ich kein Weißer bin. »Den meisten Europäern wäre wohler, wenn es die Schwarzen nicht gäbe; dann ließe sich ihrer Meinung nach aus diesem Kontinent noch was Vernünftiges machen. Aber wohin mit ihnen? Guck dir den Bürgersteig an, Ndasenga! Stattdessen rücken sie näher. Sie wissen über jeden Weißen Bescheid. Ob er bestechlich ist, ein Hurenbock, ein Sadist, ein Schleimer …«

»Du hast immerhin den Kaffeeanbau eingeführt und eine Gemeinde gegründet«, entgegnete ich, um ihn zu provozieren.

»Und wenn nur einer …? Vielleicht ein Dutzend?« Er stockte, blieb stehen. »Unsere Rechnungen von Erfolg oder Misserfolg sind alle untauglich!«

Vor dem Geschäft eines indischen Händlers, den er bei einem seiner seltenen Besuche in der Stadt schon aufgesucht hatte, blieb er stehen. Das Schaufenster war nicht dekoriert, keine Waffen, keine Ginflaschen, kein Whisky. Lieblos waren graue Papierbögen vor die Scheiben geklebt. Nur eine Stelle war nicht verdeckt, da stand ein voller Kaffeesack aus grober Baumwolle, die aufgedruckte Schrift fast unlesbar. Was im Laden passierte, ging niemanden etwas an. Wer kaufen oder verkaufen wollte, wer Geld brauchte oder eine Geldanlage suchte, kam hierher. Jeder kannte den Laden. Mister Singh brauchte keine Reklame. Ich fragte mich, ob er wirklich Singh hieß, oder nur so wegen seines Turbans genannt wurde. Weiße nannten fast alle Inder Singh.

Warum starrte Richard auf den Kaffeesack?

»Warte hier auf mich. Es dauert nicht lang.« Er nahm mir das Gewehr aus der Hand und ging ins Innere des Ladens. Ich hockte mich auf einen Bordstein. Es war noch mehr als ein halber Tag bis zu seiner Abreise, und mir gingen trübe Gedanken durch den Kopf, während ich wartete.

Er hat doch sein bestes gegeben! Warum ist er dann krank geworden? Ist ihm das Klima nicht bekommen? Hat seine Krankheit mit Gottes Willen zu tun? Mit Gottes eigener Art, sein Recht durchzusetzen? Oder zu strafen? Weil er für einige Monate abtrünnig geworden war? Weil er der Missionsgesellschaft lange wütende Briefe geschrieben oder einige krumme Sachen gemacht hat?

Wenn ich versucht hätte, dahinter eine Logik des Strafens zu erkennen und dass sie für uns alle gelten könnte, wäre ich längst tot. Ich hielt mich lieber an die Logik des Lebens, das hätte er auch tun sollen. Warum hat er nicht gründlicher nachgedacht, länger nach der richtigen Antwort gesucht? Jetzt hatte ihn ein anderer dazu gezwungen; er hatte nur noch diesen Tag, um seine Dinge zu regeln. Und nur noch wenige Tage bis zum Sterben. Und kein Geld.

Ich besaß nichts, das ich ihm hätte geben können, das betrübte mich. Was hatte er mit diesem Mister Singh zu bereden?

Es ging ihm inzwischen etwas besser als direkt nach dem Besuch im Krankenhaus und der Ruhepause im indischen Restaurant. Vielleicht war der weiße Doktor auch ein Wunderheiler, einer von denen, vor denen *Bwana* Richard uns immer gewarnt hatte. Richard mag keine Zauberei, weil das nach seiner Religion, wie er sie versteht, Sünde ist. Das war mir immer schon rätselhaft. Hatte er denn die Bibel nicht richtig gelesen? Sie ist voll von Wunder- und Zaubergeschichten. Er legte sie aus, wie es ihm passte. Nun gut, das taten wir ja auch; es machte das Glauben und so manches andere einfacher.

Wie er das Kind gesegnet hatte in diesem Restaurant! Er ist ein verdammt angesehener Geistlicher, sogar die Engländer haben ihre Kinder von ihm taufen lassen. Allgemein hielten sie nicht viel von den Deutschen, hatte ich gehört. Man sah ihm aus einer Meile Entfernung an, welchen Beruf er hatte. Obwohl er inzwischen verwahrlost herumlief wie einer der verkommenen Abenteurer aus Europa oder Amerika. Früher achtete er peinlich auf sein Äußeres, lief niemals so abgerissen und unrasiert durch die Gegend. Jede hergelaufene schwarze Frau nahm sich heraus, ihn anzusprechen und um einen Segen zu bitten, vermutlich war sie nichts weiter als eine verdammte Hure. Ich hätte sie am liebsten fortgejagt. Früher war er strenger, hätte das Kind einer solchen Schlampe nicht einfach ohne vorherige Ermahnungen gesegnet. Was war los mit ihm?

Richard trat wieder auf die Straße, das Gewehr in der Hand. Vermutlich war sein Besuch ergebnislos verlaufen, er würde es mir später vielleicht erzählen. Er griff sein Bündel fester und wir gingen in Richtung Hafen. Wir benutzten jetzt die Straße am Meer, wo die prächtigen Verwaltungsgebäude der Weißen stehen und wo sich Schwarze damals nur hin getrauten, wenn sie Arbeit in einer Küche hatten oder als Gärtner beschäftigt waren. Auch ich hätte mich in jenen Tagen nicht ohne weiße Begleitung in dieser Gegend blicken lassen. Was mochte er jetzt vorhaben? Es war bald Mittag und er hatte bisher nichts erledigt, als hätte er viel Zeit totzuzschlagen.

Er hat nie Zeit totschlagen müssen, als er bei uns war.

Richard bog jetzt in die *India-Street* in Richtung Bahnhof ein, steuerte auf ein prächtiges Gebäude zu.

»Es dauert nicht lang«, sagte er, »nur ein Gespräch, wegen des Gewehrs. Vielleicht habe ich Glück.« Dann verschwand er durch die Eingangspforte. Prächtig war hier alles, ähnlich wie die Paläste auf manchen Bildern in seiner Bibel, weiße Säulen und ein roter Teppich im Eingang, die Fenster mit Rundbögen verziert. Wenn ich ihm dorthin folgte, verprügelten sie mich und schmissen mich über die Hecke in den Dreck der Straße. Nicht einmal die Bedienung bestand hier aus Afrikanern, wir waren überflüssig und störten sie. Was wollte er bei denen? Er war keiner, der in die englischen Clubs ging, um sich zu besaufen.

Auf der Hochzeit in Kigoma bei diesem reichen Inder damals hatte er kaum Alkohol getrunken, er war nach meinem Eindruck der einzige Weiße, der einigermaßen nüchtern blieb. Mein Gott, was haben die gesoffen, ich beobachtete die Gesellschaft durch das Gebüsch, wo ich auf ihn und seine Frau wartete. Als die Inder und einige europäische Gäste nach der Trauung im Licht der Fackeln Reiskörner über das Brautpaar warfen, habe ich den Zorn Gottes in seinem Gesicht gesehen. Alles, was man essen kann, ist heilig, sagte er immer. Jetzt ist er selbst mager wie eine Dorfziege. Guck ihn dir an! Wie der Jesus am Kreuz.

Der war auch ein armer Sack, hat er mir beigebracht, und kein Bischof, kein Professor, kein Großbauer, kein Gouverneur, der Truppen schicken kann.

Ich verkroch mich hinter dem Gebüsch. Drei Schritte über den sorgfältig geschnittenen Rasen und ich hatte mich versteckt. Keiner bemerkte mich hier und jagte mich zum Teufel. Vielleicht bekam ich etwas von seinen Gesprächen mit, die Fenster standen offen.

Wir Schwarze haben in solchen Häusern nichts verloren. Sogar wenn ein Weißer einen »guten« Schwarzen mitbrachte, einen im Anzug und mit Schuhen an den Füßen, der die Schule besucht hatte und Englisch sprach, durfte er nicht in den Club, egal ob sein Chef Engländer oder Däne oder Deutscher war. Bei denen herrschte Ordnung.

Der *Mwami* hat mir gesagt, eines Tages würden diese Weißen alle verschwinden. Ich bin da nicht so sicher. Selbst wenn es uns gelänge, sie nach Europa zurückzujagen: Wie sollten wir die ganzen Angelegenheiten denn allein hinkriegen in unserem Land? Wer soll denn die Banken leiten oder ein Krankenhaus, oder die ganze Post sortieren, wenn so wenige von uns lesen und schreiben können? Wer kriegt dann überhaupt noch Post? O ja, das ist ein großes Problem. Vielleicht sollten wir dann erst einmal Schluss machen mit diesem Mist, mit den Banken und der Post. Ohne Briefzustellung haben wir ja früher auch überlebt. Es würde irgendwie schon gehen … Aber wenn einmal Banken und Postämter da sind, kann man sie nicht einfach dicht machen, sagte mir der *Mwami*. »Wir werden eigene, gut ausgebildete Leute haben. Männer wie du einer bist, Ndasenga!« Dabei lachte er. Woher weiß er das? Ein König muss mehr wissen als andere; vielleicht hatte er früher die Schule der Engländer in Tabora besucht, und ich hatte davon nichts erfahren. Dieser *Mwami* Mgassa ist nicht auf den Kopf gefallen – und er hat Recht behalten, der Alte.

Verhör beim Gin

Der Türsteher in roter Uniform, weißem Turban und starken Brillengläsern, vermutlich ein Pakistani, hielt seine Hände auf dem Rücken und fixierte Richard regungslos. Er nickte auch nicht oder grüßte mit erhobener Hand. Es schien mir, als wollte er sich aus den Folgen dieses Besuches eines verwahrlosten Weißen mit einem verdächtigen Bündel heraushalten. Sie spielen vorsichtig das Spiel ihrer Herren, wie sie es verstehen; wie oft hatte ich das mitbekommen. Ihren lächerlichen Hochmut demonstrieren sie, indem sie nie offen eine eigene Meinung äußern. Für ihr Überlegenheitsgefühl scheint es auszureichen, dass sie ein paar Rupien mehr verdienen als Schwarze und meistens das Englische besser beherrschen als wir.

Durch die niedrigen Fenster, durch die Zweige, hatte ich einen guten Blick in den Clubraum. Alles war hier dämmrig und geheimnisvoll, Sessel im hinteren Teil und hohe gepolsterte Stühle an Tischen, wo gegessen wurde. Zu dieser Tageszeit waren kaum Gäste da. Zwei greise Engländer brüteten über einem Brettspiel in einer Ecke vor dem Kamin ohne Feuer und sahen nicht auf, als Richard eintrat.

Er blieb im Eingang stehen und sah sich um. Er suchte sich einen Platz in der Nähe des hochgeschobenen Fensters, unter dem ich saß, sicher weil ihm frische Luft gut tat. Vom Meer her wehte eine leichte Brise. Lautlos stand ein indischer Diener, ein weißes Tuch auf dem Arm, vor seinem Tisch, kaum dass Richard sich gesetzt hatte. Seine Missbilligung verbarg er nur schlecht.

»Bring mir einen Gin«, sagte May, ohne ihn anzusehen.

Mit wem wollte er reden? Gegen Mittag würde der Clubraum gefüllt sein mit englischen Beamten, die hier zu Mittag aßen. Wollte er solange warten? Wollte er dann von Tisch zu Tisch gehen, das Gewehr in der Hand, und es zum Verkauf anbieten wie ein Hausierer? Das würde ihm nichts ausmachen, das ging ihm leicht von der Hand. Er hatte Spaß daran, den flotten Händler zu spielen, ganz gleich, ob er ein Motorrad verkaufen wollte oder seine geistliche Botschaft.

Zwei Männer in frischgebügelten, khakifarbenen Tropenanzügen traten, sich leise unterhaltend, in den Eingang. Wegen der Anzüge von gleichem Schnitt und fast gleicher Farbe hätte man sie für Brüder halten können. Sie blickten sich um, als wären sie unentschlossen, welche freien Plätze sie wählen sollten. Ich vermutete, dass sie es auf Richard abgesehen hatten; so tapsig benahmen sich Engländer nur, wenn sie genau wussten, was sie vorhatten und es verbergen wollten. Wie zufällig schien ihr Blick auf ihn zu fallen und sie kamen zögernd näher.

»Mister May?«

Sie waren fast gleich groß, jünger als er vermutlich, beide blond mit kurzem Haarschnitt, wie bei ordentlichen jungen Engländern üblich, und verlegen lächelnd. Trotzdem war da ein Anflug von Hochmut, glaubte ich zu bemerken.

»Dürfen wir uns zu Ihnen setzen? Wir wollen nicht stören, Mister May.«

Natürlich wollten sie stören, sie wollten mit ihm reden. Weil Richard Heuchelei und Versteckspiele hasste, hätte er ihnen bei anderer Gelegenheit gesagt: »Scheren Sie sich zum Teufel!« Er wurde leicht grob, hielt sich aber jetzt zurück.

»Gern. Wenn Sie mit mir vorlieb nehmen …«

Sie rückten Stühle zurecht und setzten sich. Mit einer Hand griff May neben sich, wo das umwickelte Gewehr an der holzgetäfelten Wand lehnte. Er konnte es sich nicht leisten, die beiden einfach abzuwimmeln.

»Mister Spencer«, sagte einer der Männer und zeigte auf seinen Gefährten. »Ich heiße McEwan.«

Richard war wohl nicht besonders daran interessiert mehr über sie zu erfahren und brachte sogleich sein Geschäft zur Sprache.

»Hören Sie, Mister Spencer und Mister McEwan. Ich sitze hier nur herum, weil ich meinen Drilling verkaufen will. Haben Sie Interesse?« Er legte das Bündel auf den Tisch und wickelte das Gewehr aus dem Tuch. Es war frisch geölt, der dezent mit Eichenlaub verzierte Buchenschaft und der Lauf glänzten. »Eine erstklassige Büchse. Wertarbeit; ich habe mehr als hundert Leoparden und eine Menge Löwen damit geschossen, niemals Ladehemmung oder andere Probleme. Wollen Sie sich die Waffe einmal ansehen?« Mit beiden Händen reichte er das schwere Gewehr über den Tisch.

»Was wollen Sie dafür haben?«, fragte Spencer, nahm das Gewehr in die Hand und betrachtete es fachmännisch. Er trug eine helle Brille, an seinem Kinn wippte der Anflug eines blonden Bärtchens. Sorgsam war er darauf bedacht, dass sein makelloser Anzug nicht mit dem geölten Schaft in Berührung kam.

»Drei Sack Rohkaffee.«

Die beiden Briten lächelten ungläubig, als habe ihr Gegenüber gerade einen Scherz gemacht. Durch das offene Fenster hörte ich jedes Wort und sah ihre Gesichter am Tisch.

»Drei Sack Rohkaffee, zu liefern bis morgen früh auf die *Usukuma*. Ich reise mit meiner Familie ab.«

»Bis Genua?«

May nickte.

»Das ist ein stolzer Preis, Mister May«, sagte Spencer und reichte die Flinte über den Tisch zurück. »Das Gewehr ist nicht neu.«

»Es ist gut eingeschossen und besser als neu. Ich weiß, was so ein Ding wert ist. Ich werde nicht um den Preis verhandeln.«

»Warum Kaffee?«, fragte Spencer höflich.

»Weil ich es … weil ich ihn auf die Reise mitnehmen will«, antwortete er, mühsam eine ruppige Antwort unterdrückend. Ein neues Glas Gin stand vor ihm, unaufgefordert hatte es der Kellner abgestellt. Vielleicht hellte der Gin seine Stimmung auf, hoffte ich. Alkohol wirkte bei ihm sehr unterschiedlich.

»Dürfen wir Sie einladen?«, fragte Spencer.

May nickte. Er blickte kurz auf McEwan, der sich an dem Gespräch bisher nicht beteiligt hatte, schlug das Tuch um das Gewehr und stellte das Bündel wieder an die Wand.

»Sie reisen nach Deutschland zurück? Verlassen Sie Afrika für immer?«

»Wer weiß das heute schon so genau«, sagte May.

»Ihnen geht es nicht gut, hört man. Reisen Sie deshalb?«, fragte McEwan.

»Sie sind gut informiert. Was ist mit dem Gewehr?«

Ohne auf die Frage einzugehen, fuhr Spencer leiser fort:

»Wir haben Ihnen angesehen, dass Sie nicht in guter Verfassung sind. Und in der Verwaltung hört man so einiges. Entschuldigen Sie bitte, Mister May! Was das Gewehr angeht, so komme ich noch darauf zurück. – Sie wissen, was Sie in Deutschland erwartet?« Sein konzentriertes Gesicht zeigte eine Mischung aus Neugier und Bedauern.

»Was mich erwartet? Ich erwarte nicht mehr viel. Oder was meinen Sie?«

»Sie sind vermutlich kein Anhänger der Nationalsozialisten – nach allem, was man sich so erzählt«, sagte McEwan höflich. Er beugte sich vor. »Man könnte Ihnen in Deutschland als Geistlicher – und … Entschuldigung, eigensinnig wie Sie sind – Schwierigkeiten machen. Haben Sie das bedacht?«

Ein paar Sekunden zögerte Richard, sah ernst von Spencer zu McEwan.

»Wenn der Krieg beginnt und ich noch hier bin, machen Ihre Leute mir sicher auch Schwierigkeiten.« Er sagte es ohne eine Spur von Ironie. »Mich interessiert das alles im Moment nicht. Ich will nur mein Gewehr verkaufen.«

»Denken Sie nicht an Ihre Familie?«

»Was meinen Sie wohl, warum ich hier wie auf einem arabischen Markt feilsche! Nur wegen meiner Familie will ich drei Sack Kaffee«, sagte May. In seinen Gesichtszügen arbeitete es, vielleicht bemüht, seinen Ärger über die Frage zu unterdrücken. »Mit drei Säcken Kaffee kann meine Frau zu Hause eine Menge anfangen, mehr als mit britischem Geld«, sagte er ruhig.

»Weil es kaum noch Kaffee in Deutschland gibt?«

Er nickte. Mir schien, als habe er das Interesse an dem Gespräch verloren, seine Hoffnung auf den Handel aufgegeben. Er war ja nicht auf diese Gentlemen angewiesen, dachte ich, er könnte es bei Singh noch einmal versuchen, oder bei Ruppel & Ruppel, oder woanders. Aus seinen Andeutungen wusste ich, dass Singh sofort bemerkt hatte, dass May unter Zeitdruck stand, und er den Preis deshalb zu drücken versuchte. Warum redeten Engländer und Deutsche immer von Krieg? Vielleicht waren das reine Hirngespinste, um ihre Langeweile zu vertreiben. Ich wusste wenig von dem, was in Europa passierte.

»Man hört, dass Männer aus Ihrer Familie in die SS eingetreten sind. Wussten Sie das?« Die gleichmütige Stimme des Brillenträgers hatte sich kaum verändert. Richard schwieg, so als habe er nichts gehört. »Unsere Leute sammeln solche Informationen über Auslandsdeutsche. Das ist verständlich, wenn man Krieg erwartet. Ihre Regierung droht der ganzen Welt.«

»Meine Familie, das sind einfache Leute vom Land«, sagte Richard, als ginge ihn das Thema nichts an.

»Als ich im Konsulat war, habe ich einiges aufgeschnappt, man sprach zufällig über Sie, Mister May, weil Ihre Ausreisepapiere vorlagen und Sie ja gerade aus Kigoma gekommen sind. Mister Keagan hat hochachtungsvoll von Ihnen und Ihrer Arbeit in Uha gesprochen. Und irgendwas gemurmelt, mit Ihnen sei noch einiges zu klären. Keine Ahnung, was er damit meinte. Nicht dass wir Sie aushorchen wollen, aber die Lage ist doch sehr beunruhigend. Ich kann mir nicht vorstellen, dass Ihnen das keine Sorgen macht.« Wieder herrschte Schweigen im Raum, nur das Gemurmel der beiden greisen Brettspieler im Hintergrund war zu hören. Der Engländer ließ nicht locker. »Man verprügelt die Juden auf der Straße, schließt ihre Geschäfte und jagt sie aus ihren Wohnungen. Bücher jüdischer Autoren sind verboten. Viele Juden sind schon in Lagern und Ghettos, vielleicht werden sie eines Tages alle umgebracht! Hitler hat es versprochen, er ist der einzige Lügner, der dafür ist bekannt ist, dass er sein Wort hält.«

Richard blickte auf, antwortete mit fast tonloser, aber doch typisch pastoraler Stimme, wenn er von Gott sprach.

»Dann wird ein Größerer als er auch sein Wort halten. Ein Volk, das Hand an die Juden legt, zieht Gottes Strafe auf sich. So steht es in der Bibel.«

Ihm fehlte offenbar heute die Kraft, seine Überzeugung mit mehr Nachdruck vorzubringen. Ich erinnere mich sehr gut, wie oft er mit Eifer die deutschen Missionare auf die Bibel verwiesen hatte, wenn sie in ihren Konferenzen von den herrlichen neuen Zeiten im Reich schwadronierten, dass Gott sichtbar seine Hand über den Führer halte.

»Was ist nun mit meinem Gewehr?«

Die beiden Männer winkten dem Inder und bestellten Whisky und Tee.

»Und Sie? Was trinken Sie, Mister May?«

»Das Gleiche noch einmal.« Er zeigte auf sein Glas. »Und ein paar Nüsse. Mein Magen ist nicht in Ordnung. Ungesalzene Nüsse und ein Stück Brot.«

»Das tut uns leid.« Einer der beiden Männer murmelte ein paar Worte mit der Bedienung. Dann wandte er sich wieder

May zu: »Was werden Sie in Deutschland tun? Missionieren?«

Ich hatte den Eindruck, als würde Richard einen Moment lang seine Augen verschließen, als hätte er Mühe, die Ironie der Frage zu begreifen. Bis ein Lächeln über sein Gesicht huschte.

»Wenn Sie mir drei Sack Kaffee für die Flinte geben, und dazu ein Kilo Erdnüsse, spioniere ich für Sie in den höchsten Stellen. – Kein Problem für mich!«, sagte er. Ich konnte nicht erkennen, ob er das ernst meinte. Die Engländer lachten betreten.

»Sie sehen Gespenster. Wie kommen Sie darauf, dass wir Sie anwerben wollen? Mister McEwan hier ist anglikanischer Geistlicher; ich arbeite für ein niederländisches Schifffahrtsbüro. Was, meinen Sie, wollen Ihre Neffen in der Waffen-SS? Es interessiert uns einfach, warum junge Männer da mitmachen.«

»Ich glaube, es sind unbedarfte Jungs, die nicht begriffen haben, was da auf sie zukommt. So wie ich sie kenne, steckt keine Überzeugung dahinter! Sie sind verliebt in Uniformen. Das macht was her und stärkt ihr Ansehen bei den Mädchen. Sie sind vielleicht ein bisschen leichtsinnig. Das ist nicht mehr als Angeberei. Vielleicht haben sie das auch gar nicht selbst entschieden. Ich habe gelesen, dass junge Männer aus den ländlichen Reitervereinen in die SS verpflichtet werden.«

»Wir sind trotzdem in Sorge! Ein Diktator kann in jedem Land auftauchen, auch bei uns. Das muss man sich doch klar machen, oder?«, sagte der Mann mit der Brille, als spräche er schon von eigenen Verwandten. »Wird es deswegen Streit in Ihrer Familie geben?«

»Ich war seit vierzehn Jahren nicht mehr zu Hause. Wie soll ich das wissen?« Sein Wunsch, dieses quälende Gespräch zu beenden, wurde übermächtig, das sah ich ihm an.

Es ist bald Mittag und er ist noch keinen Schritt weitergekommen, dachte ich.

»Hören Sie, wenn Sie kein Interesse an meinem Gewehr haben, sollten wir das hier in Ruhe austrinken.« Er nahm sein Glas, seine Hand zitterte leicht. »Nach politischen Gesprächen steht mir nicht der Sinn, ich habe keine Zeit dafür. Ich hoffe, Sie verstehen mich.«

»Sie finden niemanden, der Ihnen drei Sack Kaffee dafür gibt«, sagte McEwan bedauernd. »Wir hätten Ihnen gern geholfen.«

»Danke«, sagte May, trank den Gin auf einen Zug. Er krümmte sich, als habe er Feuer geschluckt, stopfte sich mit zitternder Hand ein paar Nüsse in den Mund und kaute hektisch. Dann erhob er sich. »Sie übernehmen das für mich? Ich bin knapp bei Kasse.« Er sagte es in übertreibendem Tonfall und mit einem Grinsen wie das eines geübten Schnorrers.

»Gerne, Mister May! Sie sind unser Gast. Wir wünschen Ihnen viel Glück.«

Beide erhoben sich und schüttelten Richard die Hand. In ihren Blicken sah ich zu meiner Überraschung Wärme und Mitgefühl. War ihre Sorge gar nicht gespielt? Was in Richard vorging, konnte ich nicht erkennen. Er stolperte, das Gewehr in der Hand, über den Teppich und wäre beinahe gefallen. Der Alkohol, dachte ich, vielleicht ist er ihm nicht gut bekommen.

Lass die Finger von Ndasenga, Paki!

Manchmal braucht man einen guten Schluck, hat er einmal zu mir gesagt und eine Flasche geholt, als wir gerade eine verteufelte Arbeit hinter uns gebracht hatten. Er hat den Gin einfach herbei gezaubert und wir haben gemeinsam getrunken. Auf dem Boden im Gras an der Kirche haben wir gesessen, den Rücken an die Wand aus Lehm und Feldsteinen gelehnt, die von der Arbeit staubigen Stiefel von uns gestreckt. Das war ein glücklicher Moment, und weil wir müde und uns nahe waren, sagte ich ihm offen heraus, ich würde doch kein Diakon werden; Lehrer sei besser für mich.

»Warum besser?«, hatte er gefragt und die Flasche mit dem silbrigen Getränk an den Mund gehalten, und ich hatte geantwortet: »Damit die schwarzen Rotzlöffel alle Bücher lesen können und wissen, wer das Ekel Stanley und wer Joseph Conrad waren, das lohnt doch jede Anstrengung!«

Auch er fand, dass das Grund genug sei, Lehrer zu werden, und war gar nicht enttäuscht.

»Professooor – Mistäär – Ndasengaaa!«, hatte er gerufen, als stünde er vor einer großen Menschenmenge. Das war einer der glücklichen Augenblicke, die mir immer vor Augen sind.

Was hat mir das Leben mit ihm gebracht, was verdanke ich ihm eigentlich? Dass er mir Bücher aus der britischen Bibliothek besorgt hat, an die Afrikaner nicht heran kamen? Alles sollte ich lesen. Auch das, was er selbst nicht kannte; er hatte wenig Zeit zum Lesen. Wegen der Bücher verstand ich vielleicht ein bisschen mehr von dem, was hier und auf der Welt passierte. Das hat mein Leben gehörig durcheinander gewirbelt, nichts war mehr wie vorher. Ich habe viel gewonnen, aber vielleicht auch etwas verloren, als ich mich diesem Weißen angeschlossen habe. Je älter ich wurde, umso klarer erkannte ich, dass es unsinnig ist, solche Dinge aufzurechnen. Mir kam einmal der Gedanke, ein eigenes Buch darüber zu schreiben! Vielleicht könnte es den Titel tragen *Wenn die Weißen nicht gekommen wären*. Keine Ahnung, was ich da für einen Unsinn schreiben würde. Es ist das Schicksal Afrikas, dass wir nie wissen werden, wie ein Leben ohne sie verlaufen wäre. Also ist es schon besser, die Kolonialgeschichte als unsere eigene zu akzeptieren. Was nicht bedeuten muss, den Weißen nicht eines Tages ihre vielen Verbrechen vorzuhalten. Sie haben ja hier alles niedergemacht, was vorher war – und das kann nicht alles schlecht gewesen sein …

Für mich war die *Tabora School* die große Chance, etwas Neues zu lernen, denn mit meinem alten Leben stimmte etwas nicht mehr. Mit vierzehn oder fünfzehn war ich schon unzufrieden und wusste nicht, aus welchem Grund. Die Ursache meiner Unruhe habe ich nie wirklich herausgefunden. Als ich ihm das einmal gestand, sah er mich nachdenklich an:

»Wenn jemand spürt, dass etwas mit seinem Leben nicht stimmt, sollte er keine Brechstange benutzen, sondern Geduld haben und in sich hinein horchen. Still werden im Inneren und vor Gott. Und Vertrauen zu sich selbst entwickeln. Ich habe es mit der Brechstange gemacht, ich glaubte, dass es anders nicht ginge. Aber das Leben hat trotzdem Trost bereit, den wir selten würdigen. Im rechten Moment konnte ich eine große Chance ergreifen! Ich wurde der *Boy* von unserem Heiland und er hat mich hierher geführt.«

Richard meinte es ganz ernst, aber wie so oft kam mir einfältig vor, was er da von sich gab wie eine sichere Wahrheit. Es war rätselhaft für mich, was er mit »Brechstange« gemeint haben könnte. Das erfuhr ich erst in der letzten gemeinsamen Nacht.

Als ich ihm gestand, ich würde gern die deutsche Sprache erlernen, war er gerührt und sagte mir ganz freundlich, es sei besser, ich würde Englisch studieren. Das habe mehr Zukunft. Sein Rat war sicher vernünftig, und ich sprach damals schon ganz ordentlich Englisch. Soviel Deutsch habe ich mir aber doch heimlich angeeignet, dass ich das meiste verstehe. In Tabora in der Bibliothek gab es deutsch-englische Grammatiken und Wörterbücher, die ich mir vornahm; die Aussprache war für mich einfacher als beim Englischen.

Es gab in der Nähe der Schule einen deutschen Farmer. Richard hatte mir einen Brief für ihn mitgegeben, damit er ein bisschen auf mich aufpasste, und weil ich eine Gelegenheit brauchte, um durch Arbeit Geld zu verdienen. Wenn ich mit den Kindern dieses Farmers auf dem Feld arbeitete, übte ich ihre Sprache, so oft sich eine Gelegenheit ergab, und den Kindern machte es Spaß. Aber auch wenn sich Richard mit seiner Frau unterhielt, verstand ich mehr und mehr. Doch mit ihnen habe ich kein Wort Deutsch gesprochen; sie hätten es vielleicht als zudringlich empfunden. Ich war zufrieden mit meinem Geheimnis, auch weil ich sie ohne ihr Wissen belauschen konnte.

Manchmal hätte ich gern auf die Nähe zu Richard verzichtet. Er war aufbrausend, jähzornig, dann wieder ganz sanft. Manchmal waren seine Stimmungen nicht zum Aushalten. Vermutlich ist es seinem Heiland mit ihm ähnlich ergangen, und er hat ihn deshalb in die Patsche laufen lassen. Auch maulte Richard oft an mir herum und kritisierte mich. Wenn ich den Grund nicht einsah, habe ich in den ersten Jahren geschwiegen. Mit der Zeit wurde ich mutiger und widersprach ihm. Ich hatte den Eindruck, dass ihm das sogar gefiel. Wenn wir argumentierten, zeigte sich, dass ich manchmal seiner Logik nur schwer folgen konnte.

In einem Fall hatte ich ihm ganz offen und ziemlich heftig meine Meinung gesagt: Ein junger Kerl, mein Freund Ngunduma, wollte sich taufen lassen und stand schon auf der Liste für den nächsten Termin. Zwei Tage vorher hatten ihn ein paar Gleichaltrige deswegen angepöbelt und verhöhnt. Da hatte er ihnen eine Schlägerei geliefert, obwohl seine Gegner in der Überzahl waren. Als Richard davon erfuhr, hat er ihn wütend von der Liste der Täuflinge gestrichen.

»Christen prügeln sich nicht!«

Ngunduma hat herzzerreißend geweint. Da habe ich Richard gesagt: »Du hast selbst damals die Leute vermöbelt und tust es immer noch! Sogar mit der Nilpferdpeitsche! Findest du es gerecht, Ngunduma so hart zu bestrafen? Er hat sich doch wegen seines Glaubens geprügelt!« Ich bin ziemlich giftig geworden. Aber er fuhr mich noch giftiger an: »Was fällt dir ein, meine Fehler gegen die Fehler deines Freundes und Gottes Gebot aufzurechnen? Wohin soll das führen?«

Ngunduma musste zu seiner eigenen Besinnung drei Monate auf seine Taufe warten. Später, als ich die Bibel besser kannte, habe ich lange gesucht, wo dort geschrieben steht: Du sollst dich nicht prügeln! Kein Wort darüber habe ich gefunden!

Er wartet noch vor dem Club, das Bündel lässig in der Hand. Ob er sein Gewehr ordentlich gesichert hat? Einmal ist ihm versehentlich die Flinte in der Küche losgegangen, der Schuss knallte durch die Tür, wo draußen seine kleine Tochter spielte. Gott hat den Schuss abgelenkt, hat er mir erklärt, damals, als wir an der Kirchenmauer getrunken haben, und er hat nicht dabei gelacht. So etwas glaubt dieser Mann. Ich würde sagen, er hat verdammt Glück gehabt! Manchmal ist er einfältiger als ich.

Wir marschierten wortlos wieder nach Norden, steuerten auf das große Hotel zu, das es bei unserem letzten Besuch in der Stadt noch nicht gab. May und ich brachten damals eine riesige Kiste voll mit Löwen- und Leopardenfellen zum Hafen, um sie an einen Polen namens Wischinski nach Deutschland zu versenden. Es war schon das dritte Mal, dass wir solche Ladungen verschickten, immer an den gleichen Mann. Als ich ihn fragte, wer dieser Wischinski sei, antwortete Richard: »Er hat einen Handel in Oberhausen. Er ist zwar nur katholisch, aber ein ehrenwerter Mann. Nur ihm gelingt es, mir das Geld auf geheimen Wegen zu überweisen. Für das Geld kann ich zwei Schulen bauen und meiner *Bibi* ein neues Kleid kaufen.«

Der Alkohol hat Richard schwer erwischt, es scheint, als habe er vergessen, dass ich neben ihm gehe.

»Hey, *Bwana* Richard!«

So rede ich ihn meist an, auch wenn er von mir nicht mit *Bwana* angeredet werden will. Wir kennen uns lange und gut genug. Sag Richard, hat er vorgeschlagen. Aber manchmal nenne ich ihn trotzdem *Bwana*. So wie er mich im Spaß oft *Mister* Ndasenga nennt.

Ich stehe vor ihm, er schwankt etwas und scheint überrascht, mich zu sehen. Er schaut mich betrunken an, die Augen feucht und gerötet, kaut nachdenklich an der Unterlippe, als müsste er mich eingehend betrachten, um sicher zu sein, dass ich es bin. Es ist etwas mit seinen Augen, ein schwankendes Funkeln wie das der Sonne auf einem See. Vielleicht weil die Augen der weißen Männer anders sind als unsere; vermutlich aber nur der Alkohol.

Wir stehen schweigend vor dem Hoteleingang auf dem roten Läufer. Er hat noch kein Wort zu mir gesagt, seit er den englischen Club verlassen hat. Da taumelt er plötzlich und ich fange ihn auf. Er atmet schwer, ich versuche ihn zu halten, damit er auf die Beine kommt. Sein Schnaufen und der Geruch von Gin sind nahe an meinem Kopf. Da stürzt schon der

Türsteher auf uns zu, ein Inder oder Pakistani in Uniform. Er stößt mich gewaltsam zur Seite.

»Lass deine dreckigen Finger von dem Herrn!«, schreit er mich an. Richard wehrt sich, als der Mann ihm unter die Arme fasst. Es gibt ein Gerangel zwischen ihnen.

»Lass Ndasenga in Frieden, *Paki*«, zischt Richard leise. So gefährlich giftet er nur, wenn Zorn ihm den Kopf vernebelt. Mit diesem Schimpfwort macht er sich keine Freunde. Der Türsteher stellt sich wieder an seinen Platz, sein Blick gehässig auf mich gerichtet, als wäre ich es gewesen, der ihn gedemütigt hat.

Dass sie auch hier einen Schwarzen nicht herein lassen, interessiert mich wenig, und ich postiere mich, als Richard mir einen Wink gibt, auf der anderen Straßenseite im Schatten. Er ist im Hotel verschwunden; er weiß, dass ich warte. Wir haben das oft geübt, wenn er früher in solche Häuser musste, wo Schwarze nichts verloren haben.

Wenn sie eines Tages alle weg sind, überlegte unser *Mwami* nach seiner Rückkehr von einer Reise nach Dar es Salaam, wer soll wohl diese großartigen Hotels so gut in Schuss halten?

Mir kann das egal sein, ich werde Lehrer und habe nicht vor, mein Leben in solchen Hotels zu verbringen. Vielleicht werden dann schwarze Männer in Uniform im Eingang stehen und aufpassen, dass die Leute vom Land und aus den Elendsvierteln nicht alles versauen und kaputt machen. Oder die Weißen und Inder dürfen nicht rein. Vielleicht sind dann die Weißen ganz unten und arbeiten bei uns als Türsteher, wer weiß? Es gibt unter meinen Leuten einige, die sich genau das vorstellen, weil sie Rache für alle Demütigungen wollen.

Warum sind die Weißen überhaupt hier? Wer hat sie gerufen? Irgendetwas habe ich da nie richtig begriffen. Das Lesen einiger Bücher der Europäer hat mir nicht viel geholfen, weil dort ganz unterschiedliche Überlegungen dazu standen, und ich mir immer wieder vorgenommen habe, Richard danach zu fragen.

In dem einen Buch schreibt ein weißer Autor, es sei ein Menschheitsverbrechen, Millionen Sklaven verschleppt zu haben, und ein Verbrechen, dass die Europäer Afrika beherrschen. Ein anderer beschwört die Verantwortung der Weißen, die Schwarzen zu kultivieren, sie zum Licht höheren Daseins zu führen. Wieder andere verbreiten die Meinung, alle Mühen, die Afrikaner zu zivilisieren, würden sich als vergeblich erweisen; es würde noch einige Generationen dauern, bis sie überhaupt bildungsfähig sein würden. Solange müsse man sie leider wie Kinder behandeln, denen man zuerst ordentliches Arbeiten beibringen müsse.

Diese Autoren scheinen sich nicht gerade einig zu sein, was uns angeht. Sie schreiben über uns wie über rätselhafte Haustiere.

Hier machen sie dir alles kaputt

Ich setzte mich in den Schatten auf die andere Straßenseite unter die Rundbögen. Hinter dem grellen Tageslicht verschwand Richard im Dunkel des Hoteleingangs, als sei er nie dagewesen. Nach einer halben Stunde kam er zurück, setzte sich zu mir und erzählte in allen Einzelheiten, was er erlebt hatte. Dabei war fast nichts passiert.

Der Weg in die Hotelhalle führte durch einen schmalen Flur. Er war zu beiden Seiten vollgestopft mit Büffelköpfen und ausgestopften Antilopen, Massai-Kriegern aus Pappmaché oder Gips, die Speere schwangen, dümmlich lächelten oder die Zähne fletschten. Auf den Tischen im Empfangsraum standen geflochtene Körbe mit bunten Fruchtnachbildungen aus Wachs. Die Hotelangestellten, ein weißhaariger älterer Europäer und zwei Inder, starrten ihn im Schutz der Rezeption wie aus einem Schützengraben an, lauerten über die Schultern der Kunden an der Bar hinweg, verharrten unsicher in Schweigen. Sie taxierten, wie dieser verlotterte Weiße mit seinem Bündel einzuschätzen war.

May war noch benommen von seinem Schwächeanfall, oder vom Gin. Er hatte sich auf einen der Rattanstühle gesetzt, wie sie, eingeführt aus Indien und Südafrika, groß in Mode waren. In der Sitzgruppe zu seiner Rechten, etwas entfernt, waren zwei ältere Ehepaare in Gespräche vertieft. Riesige Gepäckberge zeigten an, dass sie vor der Abreise standen. Sie unterhielten sich laut und unbekümmert, so dass Richard jedes Wort verstehen konnte. Nach wenigen Sätzen wusste er, dass es sich um australische Missionare handelte. Sie redeten über Ärger mit schwarzen Hausangestellten, über Elefanten, die einer von ihnen geschossen hatte, und von ihren Problemen, Elefantenbeine zu Schirmständern oder Papierkörben präparieren zu lassen.

»Lass das die Präparatoren in London oder Paris machen! Hier machen sie dir alles kaputt. Sie können es einfach nicht!«

Richard hatte sein Bündel fester gegriffen. Der Gedanke, diesen Leuten sein Gewehr anzubieten, war im zuwider. Die weißen Männer an der Bar, die sich durch lautes Reden und ihre Khakikleidung verwegen gaben, hatte er nicht ansprechen wollen, obwohl es gerade solche Typen waren, die vermutlich Interesse haben könnten.

»Ich konnte es mir eigentlich nicht leisten, einfach zu gehen«, sagte Richard.

Doch als habe ein Windhauch seinen Vorsatz vertrieben, war er aufgestanden und wortlos an dem Türwächter vorbei in die Sonne zurückgekehrt.

»Du hast keinen Käufer gefunden?«

Wir gingen in Richtung Innenstadt.

»Woher weißt du, dass ich das Ding verkaufen will? Hast du gelauscht oder einen eurer Wahrsager gefragt?« Richard hatte einfach vergessen, dass er selbst mit mir darüber gesprochen hatte.

»Schwarzer Boy nachdenken. Immer auf guten weißen Massa aufpassen! Du reisen morgen ab«, alberte ich. »Warum solltest du sonst in der Mittagshitze mit dem Gewehr in der Hand durch die Stadt laufen?« Ich ließ meine langen Arme baumeln, tänzelte so, als wären wir unterwegs zu einer Belustigung. »Die Weißen hier haben alle Gewehre, *Bwana*. Verkauf es doch an einen meiner Landsleute.«

»Das ist nicht erlaubt.«

»Es muss doch niemand erfahren! Ich kenne ein paar Afrikaner hier, die Geld haben.«

»Man muss die Gesetze einhalten, Ndasenga! Auch wenn es verrückte Gesetze sind.«

Mit solchen Sprüchen nervte er mich oft; ich könnte ihm, ohne lange zu überlegen, ein Dutzend Fälle aufzählen, wo er selbst sich nicht an die Gesetze gehalten hatte.

»Die Araber haben Geld und dürfen Waffen tragen. Verkauf doch deine Flinte an einen reichen arabischen Steuereintreiber.«

»Zuerst gehen wir zu Ruppel & Ruppel, da habe ich die Flinte gekauft. Vielleicht nimmt er sie gegen drei Sack Kaffee zurück.«

»Der Missionsausstatter? Der verkauft Gewehre?«

Richard nickte. »Aber ich fürchte mich vor dem weiten Weg.«

»Du kannst in einem Restaurant warten, und ich bringe Ruppel das Gewehr in deinem Auftrag. Ruppel wird sich vielleicht an mich erinnern. Oder du schreibst mir einen Zettel. Was meinst du?«

»Wenn sie dich unterwegs anhalten und ein Gewehr entdecken, bist du erledigt, Ndasenga! Da hilft dir kein Zettel.«

»Dann trage ich dich und dein Gewehr auf meinem Rücken. Wie wir es manchmal an den Flüssen machten.«

Ich beugte mich nach vorn und stellte mit staksenden Schritten nach, wie ich einen Mann huckepack durch einen Fluss trage, wie es oft durchreisende Weiße von Afrikanern verlangen. Richard lachte.

Wir benötigten fast eine Stunde, bis wir in der *Harding Street* vor dem Gebäude der Firma Ruppel & Ruppel standen. Dunkle Schweißflecken zeigten sich auf Mays Jacke, sein Gesicht war grau und erschöpft.

»Ich erinnere mich an meinen ersten Besuch hier und die Unterhaltung mit einem der beiden Brüder«, erzählte er, nachdem er sich auf den niedrigen Fenstersims gesetzt hatte. Hier gab es inzwischen kein Firmenschild mehr, die Fenster waren mit Packpapier beklebt, kein Hinweis auf eine neue Adresse. Ich versuchte, durch die Ritzen in der Abdeckung der Fenster zu blicken.

»Nichts mehr da!«, sagte ich. »Ich bringe dich zu einem arabischen Restaurant. Da kannst du ein bisschen ausruhen und überlegen. Du brauchst eine Pause, *Bwana*.«

Richard war unentschlossen und grübelte. Es gäbe weiter im Norden den Gympkhana-Tennisclub, und die Cricket-Plätze der Engländer, mit Bars und Restaurants. Er scheute den weiten Weg und die baumlosen Wiesenflächen, die wir überqueren müssten. Ein Taxi konnte er nicht bezahlen. Ich beobachtete an meinem Begleiter eine Art von Resignation, aber eine von heiterer Gelassenheit, so als sei das Gewehr oder der Kaffee nicht mehr sein wichtigstes Ziel. Da er auf meinen Vorschlag, den Araber aufzusuchen, nicht eingegangen war, überlegte ich, ihn mitzunehmen in meine Zimmerecke in jenem Stadtteil, den die Deutschen früher *Negerviertel* nannten und der damals von den Häusern der Europäer, Inder und Araber durch einen breiten Landstreifen getrennt war. Die Engländer nannten diesen Landstreifen *Open Space*. Fünf Straßen – Kichwele, Stanley, Narungombe, Mkunguni, Bagamoyo –, alle Tag und Nacht bewacht, führten in die Stadtteile der Ausländer. In Sichtweite der grauen, meist strohbedeckten Hütten der Afrikaner erhoben sich die stolzen, aber manchmal auch ärmlichen Bauten von Arabern, Indern und Weißen.

Ich verwarf den Gedanken, schon an den Übergängen würde garantiert eine Wache auftauchen und wegen des weißen Begleiters und der Waffe ärgerliche Fragen stellen. Der Stadtteil der Schwarzen mit ihren Bretterbuden, mit staubigen Straßen voller Abfall und Gestank wurde nur von britischen Militärs und arabischen Steuereintreibern heimgesucht, alles andere war verdächtig.

Mays Wunsch, auszuruhen, war mächtig, das sah ich ihm an. Ich nahm ihm das Gewehr ab und fasste ihn so unter einem Arm, dass er die Last seines Körpers nicht mehr allein tragen musste. So stolperte er neben mir her.

Was ist aus ihm nur geworden, dachte ich. Er war ein Kerl, der Bäume fällte, der Häuser baute, der den Teufel in Schrecken versetzte, der sich nicht vor Leoparden fürchtete und auch sonst Sachen zustande brachte, die manchem den Verstand gekostet hätten. Damals vor fünf Jahren zum Beispiel, als seine Tochter fast gestorben wäre. Ich, Ndasenga, war dabei und würde es nie vergessen.

Als ich viele Jahre später Mays Tochter danach fragte, ob sie sich erinnerte, schüttelte sie den Kopf und sagte schüchtern, aber mit leuchtenden Augen: »Ich war ja zu klein damals, aber er hat alles gut gemacht.« Dann zeigte sie mir hinter ihren Ohren die kleinen Narben.

Eine Stunde wie eine Ewigkeit

Hinter den Ohren des Mädchens hatten sich tennisballgroße Beulen gebildet, die, so vermutete der Missionar, mit Eiter und Blut gefüllt sein könnten; er diagnostizierte eine vergiftete Entzündung der Lymphdrüsen. Medikamente, die er dem Kind gab, blieben wirkungslos, ebenso die kalten und warmen Umschläge. Das Mädchen siechte dahin, das Fieber stieg auf fast Zweiundvierzig. Den Transport nach Kigoma ins Hospital würde es nicht überleben.

Da entschloss sich Richard, zu operieren. Als er es seiner Frau sagte und im Herd ein Feuer entzündete, um heißes Wasser zu haben, lief sie vor Entsetzen in die Steppe.

In der prallen Sonne arbeiteten Männer aus den Dörfern mit Äxten und Spitzhacken, um die Wurzeln des abgeholzten Buschwerks und der Bäume zu entfernen und den Boden für den Kaffeeanbau vorzubereiten. Sie schwitzten in der Mittagshitze, schlugen nach den Fliegen. Sie fluchten auf die Schinderei, aber sie brauchten das Geld. Hier gab es sonst nichts zu verdienen.

»Geh raus und schicke die Arbeiter weg, Ndasenga. Ich kann jetzt keinen Lärm gebrauchen. Sie können später weitermachen. Dann schließt du das Fenster!«

»Sie werden nach der Bezahlung fragen.«

»Verdammt! Sie kriegen alles! Aber jetzt sollen sie eine Stunde Pause machen oder nach Hause gehen!«

Auf dem Küchentisch saß seine dreijährige Tochter mit dunkelblonden Zöpfen. Sie hatte ein rundliches Gesicht, das dem ihres Vaters glich, und braune Augen. Jetzt war das Gesicht aufgedunsen vom Fieber und ihre Haut fleckig. Ihr Kopf war mit einem Tuch umwickelt, ein unförmiges Bündel.

Es war Mittagszeit, die Sonne hatte alles Gras versengt, bei jedem Schritt der Arbeiter oder bei einem Windstoß stieg vom gerodeten Feld der Staub auf. Aus einem Eukalyptusbaum schrie ein Vogel. Der Mann flüsterte dem Mädchen ein paar beruhigende Worte zu und spielte mit ihren Händen, bis ich zurückgekehrt war.

»Stell dich hinter sie und halte sie fest, mit beiden Armen.«

Richards Stimme war ruhig. Er machte mir vor, wie er es meinte. Dann beugte er sich zu dem Kind, hielt ihre Hände, sein Gesicht nahe vor ihrem Gesicht.

»Hab ich dich schon einmal belogen?«

Das Mädchen sah ihm in die Augen.

»Nein.«

»Habe ich dir schon einmal wehgetan, außer wenn ich dich bestrafen musste?«

»Nein.«

»Ich will dich jetzt nicht bestrafen, aber ich muss dir wehtun. Du bist krank, und vielleicht hilft Gott, dass du nicht sterben musst. Nur deshalb muss ich dir wehtun.«

»Ja«, antwortete das Kind. Es versuchte, ein Wimmern zu unterdrücken. Ich umklammerte den kleinen Körper, klemmte beide Arme ein. Es zitterte nicht. Mein Körper war schon schweißnass. Das Mädchen bewegte sich nicht mehr und suchte wieder die Augen ihres Vaters. Es kämpfte gegen die Ausweglosigkeit, die es seit dem Beginn des Fiebers beherrscht hatte, so als spürte es die Nähe des Todes. Jetzt schien es, als wäre da ein viel stärkeres Gefühl, das dem Mädchen die Gewissheit gab: *Ihm kannst du dich anvertrauen.*

Die Ruhe und Ergebenheit, die vielleicht nur ein Kind spürt angesichts des Todes, oder der möglichen Rettung, schien es zu durchströmen. Solange ihr Vater an seiner Seite war, verloren Angst und Schmerzen ihre Schrecken. Wenn er da war, war alles gut, gleichgültig, was kommen würde.

»Halte sie unter allen Umständen fest, Ndasenga!«, sagte Richard und ging an den primitiven, aus Lehm gebauten Herd. Er nahm das Rasiermesser aus dem brodelnden Kochtopf, wischte es mit einer Mullbinde trocken, hielt es gegen das Licht. Er unterdrückte sein Entsetzen, das ihn beim Anblick des scharfen Stahls erfasste.

Was dachte er? Warum betete er nicht um ihre Rettung, anstatt das Messer zu nehmen? Ich kannte ihn gut genug, um ihm seine Gefühle anzusehen. Es war da auch ein aufrührerischer Zorn, der ihn gepackt hatte. Nicht gegen Gott, das getraute er sich nicht, aber gegen das Leben und was es ihm in diesem Augenblick abverlangte. Vielleicht dachte er an die wohleingerichteten Krankenhäuser in Dar es Salaam mit ausgebildeten Ärzten, geschultem Personal und guten europäischen Medikamenten. Warum ist das für mein Kind nicht da?, dachte er vielleicht. Was bin ich für ein Vater? Ein armer Schlucker in einer verlassenen Ecke der Erde. Wer hat mich hierher geschickt, um das hier zu tun?

Wenn seine Tochter überlebte, würde er ein noch treuerer Diener Gottes sein!

Es würde mich nicht wundern, wenn genau diese Gedanken damals in ihm rumorten.

Dann überfiel uns beide Leere, ich hörte nur das Geräusch seiner Stiefel auf dem Steinboden. Er näherte sich seiner Tochter, das Rasiermesser in der rechten Hand, ein Bündel Watte in der Linken. Langsam und sorgfältig löste der Mann das Tuch vom Kopf des Kindes, strich ihm die verschwitzen Haare aus dem Gesicht und band sie, zusammen mit den Zöpfen, mit einer bereitliegenden Kordel oben auf dem Kopf zusammen. Er nahm eine Schere und schnitt an allen Seiten überhängende Haarsträhnen ab.

Die Kleine sieht aus wie ein Gockel, dachte ich, und ich sah, wie eine Welle von Liebe und Schmerz den Vater überflutete. Es trieb mir Tränen in die Augen. Richard riss sich zusammen.

»Mach besser deine Augen zu.«

Mehr sprach er nicht mit dem Kind. Er tauchte eine Mullbinde in eine Übermanganlösung, sterilisierte sorgfältig das Messer und dann die blaufleckige Haut über den Beulen hinter beiden Ohren. Sie hingen wie zwei entsetzliche Auswüchse am Kopf, rötlich-blau angelaufen.

Er führte den ersten Schnitt auf der rechten Seite, bemühte sich, ihn dicht hinter dem Ohr anzusetzen und ihn klein zu halten, damit man später keine großen Narben sehen würde. Falls Eva überlebte. Lieber hätte er, so dachte ich, weil ich ihn kannte, in sein eigenes Fleisch geschnitten. In seinen Augen sah ich Eiseskälte. Aus der Wunde spritzte und rann eine eklige Mischung aus Eiter und Blut. Er ließ alles achtlos auf das Kleid des Kindes tropfen. Vielleicht hätte er eine Tasse bereitstellen sollen, doch daran hatte er nicht gedacht. Dann legte er das Messer auf die Mullbinde und die Finger beider Hände an die jetzt schlaffer werdende Beule und drückte zuerst sanft, dann immer fester, den Blick konzentriert auf die austretende Flüssigkeit, strich die Haut an den Kopf und legte seine Hand für eine Minute auf die Wunde. Ich spürte das Pochen ihres Herzens an meiner Brust, wie das Herz eines verängstigten Vogels. Richard desinfizierte die Schnittstelle, ein rotes Rinnsal lief in Schlangenlinien den Hals hinunter. Eva nahm den Schmerz ohne Bewegung und mit offenen Augen hin.

Er wandte sich der anderen Seite zu und wiederholte die Prozedur. Wie um auszuruhen, legte er eine Hand auf die Schulter des Mädchens und spürte durch den dünnen Stoff, wie auch ich, das Vibrieren seines Körpers, den Kopf hielt es ruhig und willig und mit geöffneten Augen.

Ein halber Liter Eiter und Blut.

Die Operation hatte nur wenige Minuten gedauert.

Als Richard beide Wunden mit Mullbinden bedeckt und verklebt hatte, begann das Kind zu wimmern. Es war, als würde das Wimmern ihren Vater und mich aufwecken, als hätten wir es beim Schneiden einfach vergessen, wir empfanden das Vergessen als eine Gnade.

»Du kannst sie jetzt loslassen«, sagte Richard zu mir aufblickend. Mein Gesicht und mein Hemd waren nass, von Schweiß oder von Tränen. Der Anblick seiner Augen war fürchterlich, mir wurden die Knie weich.

Richard entkleidete das Kind, warf die Kleidungsstücke in einen weißen Eimer, der neben dem Herd stand.

»Verbrenn das Zeugs draußen, Ndasenga!« Wie befreit nahm ich den Eimer und verschwand durch die Tür.

Ich sah durch das Fenster, wie May eine Schüssel mit Wasser aus der Waschküche nebenan holte und mit einem Waschlappen den Körper des Kindes wusch, ihn mit einem Leinenhandtuch abtrocknete und seiner Tochter vorsichtig ein Nachthemd aus leichter Baumwolle über den Kopf zog. Er trug sie ins Schlafzimmer, legte sie sanft auf sein Bett und deckte sie zu.

»Schließ die Augen. Wenn du aufwachst, ist alles wieder gut.«

»Es ist alles gut, Papa. Aber es tut noch schrecklich weh!«, flüsterte sie, als wollte sie achtsam mit dem Mann umgehen. Als ich zurückkehrte, hatte er sich in voller Kleidung neben dem Kind ausgestreckt und vorsichtig einen Arm über das Mädchen gelegt. »Bis meine kleine Eva eingeschlafen ist«, flüsterte er. Ich ging vor die Tür, ließ ich mich auf den Boden sinken: Vielleicht wachte sie nie wieder auf. So viele Kräfte hat kein Kind, wie dieses hier in diesen Minuten verbraucht hat.

Dann sah ich Richard Mays Frau durch den Garten auf das Haus zukommen. Sie war blass wie der Tod.

Drei Wochen später waren die Schnitte gut verheilt, das Fieber gesunken, und wir hatten keinen Zweifel, dass die Krise überstanden war. Die Operation hatte wenige Tage vor der Regenzeit stattgefunden; die beste Zeit für die Pflanzungen. Ich sah, wie Richard verändert war, wie er versuchte, sich von den Wirren in seinem Kopf abzulenken, die nicht weichen wollten und für die er wohl keine schlüssige Erklärung hatte. Er arbeitete wie ein Berserker auf seinen Feldern und ließ manchmal die Gottesdienste ausfallen, um die Aussaat zu überwachen.

Er stand mit mir und zwei Arbeitern am Ende des Feldes. Die Schatten der Eukalyptusbäume zeigten an, dass die Dunkelheit in zwei Stunden einsetzen würde. Ein Junge mit Namen Josefu, den ich von seinem Unterricht kannte, kam quer über das Feld auf uns zugestolpert. Außer Atem blieb er vor dem Missionar stehen.

»*Bwana. Bwana.* Mama Mgenis Kopf ist in Unordnung. Du sollst kommen, sagte man mir. Du sollst kommen!«

»Was ist mit ihrem Kopf, Josefu?«

»Der Teufel steckt da drin, sagen sie.«

Noch immer hechelte Josefu wie ein durstiges Hündchen.

»Der Teufel steckt nicht in ihrem Kopf. Wer hat dich geschickt?«

»Ihre Tochter, Mama Esra. Sie sagt, es sei der Teufel in ihrem Kopf.«

Richard nahm sich nicht die Zeit, sich zu waschen oder umzuziehen. Er winkte mir, und wir machten uns auf den Weg ins Dorf.

Die Hütte war gebaut wie die meisten anderen, bröckelnde Lehmziegel und Knüppel, das Dach aus Palmwedeln, die Tür ein breites altes Brett ohne Angeln. Draußen spielten Kinder im Schatten eines Bananenstrauchs, im Abwasser gurgelten Enten.

Richard bückte sich und wir betraten den einzigen Raum

des Hauses. Unsere Augen gewöhnten sich schnell an die Dunkelheit und wir sahen eine Frau auf einer Pritsche, zugedeckt mit einer grauen Decke. Ihr Gesicht war in Bewegung, ihre Augen aber starr; ihre Hände, verkrampft zu Fäusten, bewegte sie hektisch hin und her. Wir bemerkten Schürfwunden auf den Handrücken und auf den Armen. Als Richard sich zu ihr beugte, öffnete sich ihre rechte Faust und sie fuhr Richard wie mit Krallen ins Gesicht. Er packte ihren Arm, um sich zu schützen, sie versuchte, sich zu befreien. Aus ihrem Mund drang ein scheppperndes Lachen. Ihre Tochter Esra, Mutter von sechs Kindern, stand jetzt in der Tür, ein Kleinkind auf dem Arm.

»Sie hat den Teufel in sich«, sagte sie in einem schleppenden Singsang. »Das Messer habe ich ihr schon weggenommen, weil sie uns alle töten will. Das hat sie selbst gesagt.«

Richard stand jetzt unbeweglich an der Pritsche, die fiebrigen Augen der Kranken waren nur noch auf ihn gerichtet.

»Mama Mgeni, kannst du mich hören?«

Er sprach ruhig und leise.

Aus dem Mund der Kranken lief stoßweise Schleim auf Lippen und Kinn. Wenn es nur ein epileptischer Anfall war, würde er bald vorüber gehen.

Aber Richard zweifelte daran, das sah ich ihm an. Es gab so etwas wie Besessenheit. Die Ungetauften redeten vom bösen Blick, die Christen vom Teufel.

Jetzt kniete Richard nieder, legte beide Hände auf die der Frau, und bewegte die Lippen. Betete er? Ich verstand zuerst kein Wort. Bis er lauter flüsterte, Verzweiflung in der Stimme: »Es gibt keine Krankheiten, die du nicht schickst. Ich habe nie versucht dich zu erpressen, aber hilf mir dieses eine Mal. Du weißt, was auf dem Spiel steht, gegen ihre Zauberer und ihren Aberglauben. Diese Frau war die erste, die sich taufen ließ. Wenn ich ihr nicht helfen kann, kann ich hier meine Sachen packen und abreisen, Gott.«

Dann sprach er in seiner Sprache weiter, ohne zu überlegen, rasend schnell. Ich hätte ihn gern besser verstanden. Die Worte quollen nur so aus seinem Mund.

Doch während er sprach, suchten seine Augen fast schüchtern die der Frau. Sie war jetzt ganz wach, ohne Zorn hielt ihr Blick dem seinen stand. So als wären sie Vertraute, Bruder und Schwester. Er machte ein Kreuzzeichen auf ihre Stirn und erhob sich.

»Gib Mama Mgeni Kokossaft zu trinken, dann wird sie bald gesund sein.«

Mgenis Tochter schlurfte davon. Er blieb am Lager der Alten stehen, ohne ihre Hand loszulassen, bis er hörte, dass Esra zurückkehrte. Ich bemerkte erleichtert, dass auf Mgenis Gesichtszügen ein Lächeln aufschien.

»Vielleicht nur ein epileptischer Anfall«, sagte er, »vielleicht nur eine Vergiftung.« Er machte Platz, damit die Frau ihrer Mutter den Saft einflößen konnte.

Ich hatte regungslos daneben gestanden, im Dunkeln an der Wand.

Er ist so sicher, dass sich der Teufel davon gemacht hat, dachte ich, er ist ja so sicher mit allem, was er tut!

Dann gingen wir wieder aufs Feld zurück, May griff nach der Spitzhacke.

»Los, Jungs! Dieses Stück schaffen wir bis zum Abend. Morgen muss ich nach Shunga!«

Er brach früh mit seinem Motorrad auf und würde eine Nacht fort bleiben. Ich war noch dabei, als er seiner Frau einschärfte, nachts alle Türen zu schließen und die starken Blenden vor die Fenster zu legen.

»Ndasenga ist auf den Feldern seines Vaters. Lass ihn rufen, wenn irgendetwas nicht stimmt und du ihn brauchst.«

Was in der Nacht nach seiner Abreise passierte und was bei den englischen Beamten darüber geredet wurde, hat mir viel später Robert Smith erzählt, als ich nach Richards Abreise aus Dar es Salaam in Kigoma eintraf. Ich traf ihn zufällig am Bahnhof, vielleicht war es auch nicht zufällig. Denn die Engländer kontrollierten alle Listen der Reisenden.

Zu meiner Überraschung lud mich dieser Mister Smith ins Kasino ein. Das war ungewöhnlich. Zuerst fragte er wie nebenbei nach Richard, seiner Familie und der Abreise, und brachte beiläufig das Gespräch auf das Geschehen von damals. Ich gebe hier wieder, was er mir erzählte und wie ich es in Erinnerung behalten habe. Er wollte mich aushorchen und verbarg es, indem er weitschweifig erzählte, wie er und sein Vorgesetzter sich über die Angelegenheit unterhalten hatten.

Wie man diese Afrikaner behandeln muss

Gouverneur James Ellington und ich wussten von einigen Dutzend Europäern, die als Edelsteinsucher, Elfenbeinjäger, Abenteurer oder Missionare in den Bergen von Uha lebten. Die meisten dieser Weißen waren in unseren Augen fragwürdige Gestalten, einige lebten mit schwarzen Frauen und einem Schwarm nicht ganz so schwarzer Kinder. Sie galten unter den Einheimischen als einflussreich oder spielten sich so auf. Einige ließen sich gegen windige Versprechungen von den Dorfgemeinschaften ernähren. Es gab auch fromme Missionare, die unserer Verwaltung durch ihre friedliche Arbeit Probleme vom Hals schafften oder neue verursachten. Denn einige von ihnen waren nicht nur sanftmütig. Aufmüpfig verlangten sie bessere Behandlung für ihre Schäfchen, forderten Medikamente und Lehrmaterial für die Schulen.

Für meinen Chef Ellington machte das keinen wirklichen Unterschied. Weiße verwahrlosten nach seiner Erfahrung früher oder später in diesem Land, besonders in jenen abgelegenen Bergen. In Monatsabständen kamen sie in die Stadt, um Einkäufe bei den indischen und arabischen Händlern zu tätigen, in den Clubs Bier zu trinken und waren auf der Suche nach Landsleuten, um sich daran zu erinnern, dass es noch etwas anderes gab als diesen zähen Strom der Zeit, der ihr einsames, nutzloses Leben verschlang.

Wir waren nicht sonderlich interessiert, diese Männer zu kennen, die manchmal ihre Frauen, soweit es weiße Frauen waren, in die Stadt mitbrachten, um ihnen *die kultivierte Welt* zu zeigen. Sie lebten unbehelligt auf *eigene Rechnung* im Land, wie wir es nannten, unsere Aufsichtspflicht war begrenzt. Ihre Papiere kontrollierten wir alle paar Jahre, und das auch nur nachlässig. Ob ein Pass abgelaufen war oder ein Dokument fadenscheinig, wen interessierte das?

Wenn uns solche Weißen zufällig in einem Club oder auf der Straße begegneten, fiel uns auf, dass sie angestrengte, meist verlebte Gesichter hatten, dass ihr Lachen hart und laut war, und dass sie sich auf solchen Ausflügen aufwendig um ihre Ehefrauen kümmerten, als müssten diese überzeugt werden, ihnen für weitere einsame Monate in die Berge zu folgen.

Die Männer trugen fast immer ihre Gewehre bei sich.

Wir hatten, als die Nachricht von einem Totschlag in den Bergen bei uns eintraf, auf der Karte nachsehen müssen, wer betroffen sein könnte, und ob es sich lohnte, wegen eines vagen Gerüchtes etwas zu unternehmen. Ich war mehr als jemand sonst in der Gegend herumgereist und sicher, dass es sich um die Station des deutschen Missionars Richard May in Matiazo handeln könnte. Ich stellte einen Trupp mit fünf schwarzen Soldanten zusammen, um der Sache auf den Grund zu gehen. Ich ließ Gewehre ausgeben und ordnete Eilschritt an. Ich freute mich über die Unterbrechung der eintönigen Tage in der Garnison. Nach drei Stunden Marsch würden wir das Dorf erreichen. Natürlich grübelte ich darüber nach, auf welchen Wegen das Gerücht oder die Nachricht zu uns gelangt sein konnte. Es gab zu viele Ereignisse hier in dieser Gegend, die sich unserer britischen Logik entzogen. Und an afrikanische Buschtrommeln, von denen jeder lächelnd oder, je nach Herkunft, ernsthaft sprach, glaubten weder mein Chef noch ich.

Am darauf folgenden Tag, die Sonne stand noch hoch, kehrten wir nach Kigoma zurück. Gouverneur Ellington stand am Fenster seines Büros und sah uns zu, wie wir den Hügel herauf marschierten, lachend, locker plaudernd, ohne Gleichschritt, die Jacken geöffnet, die Kleidung verschmutzt, wie es eine Expedition ins Landesinnere mit sich bringt. Wir hatten keine Verluste zu melden. Ich schickte die fünf Schwarzen in ihre Unterkünfte, nach solchen Anstrengungen stand ihnen Freibier zu.

Ich trat eine halbe Stunde später, geduscht und in frischer Uniform, in das Büro von Ellington. Ich wusste, dass mein Chef mich schätzte, wir redeten über die Ereignisse ruhig und gelassen, als ginge es um eine merkwürdige Nachricht, die man gelesen hatte und die, weil hier sonst wenig passierte, sorgsam besprochen werden müsste.

Der Missionar Richard May sei gestern früh zu einer Reise nach Shunga aufgebrochen, um einen anderen deutschen Gottesmann zu besuchen, es ging wohl um ihre eigenen frommen Angelegenheiten. Lady Margarete May sei allein in ihrer Station zurückgeblieben, einem Gebäude aus Feldsteinen mit festen Türen, versehen mit soliden Schlössern, starken Blenden aus dickem Holz vor den Fenstern und stabilem Wellblechdach. Ihr Kind, ein dreijähriges Mädchen, blieb bei ihr. Sie habe ihren Mann nicht begleitet, weil das Kind nach einer von ihrem Mann durchgeführten Operation noch zu schwach für eine solche Reise gewesen sei und sie selbst sich unwohl gefühlt habe. Sie war schwanger. Der vorsichtige Ehemann hatte sie ermahnt, noch bei Tageslicht Türen und Fensterblenden sorgfältig zu schließen und nachts auf keinen Fall zu öffnen.

In der ersten Dunkelheit, weit vor Mitternacht, sie hatte sich schon zum Schlafen neben ihr Kind gelegt, war jemand um das Haus geschlichen, habe geklopft und sie in Kiha, der Sprache dieser Gegend, aufgefordert, die Tür zu öffnen. »Wie heißt du?«, habe sie gefragt, aber keine Antwort erhalten. So rief sie ihm zu, er solle verschwinden, sie habe ein Gewehr im Haus und würde notfalls schießen. Das mit dem Gewehr entsprach nicht den Tatsachen, war aber ein kluger Versuch, um den Fremden einzuschüchtern.

»Du hast kein Gewehr im Haus«, habe der Mann gesagt.

Er besaß ein Brecheisen oder ein ähnliches Gerät und machte sich an der Tür zu schaffen. Die Frau hatte ihn ein zweites Mal gewarnt, sie würde schießen, wenn er nicht verschwände. Dann hatte sie sich ihre Kleider übergeworfen und sich, mit einem Schlachtermesser aus der Küche bewaffnet, auf das Bett ihres Kindes gesetzt, das immer noch geschlafen haben soll.

»Sie muss Todesangst gehabt haben«, sagte ich. »Und sie betete zu Gott, ihr Mann möge früher als geplant zurückkehren oder eine andere Hilfe schicken.«

Von den Schwarzen des Dorfes habe wohl niemand etwas bemerkt.

»Nun, das könnte stimmen«, fuhr ich fort. »Ihr Haus liegt sicher hundert Meter von der Siedlung der Schwarzen entfernt.«

»Wie stehen diese Dorfleute mit May?«, fragte der Gouverneur.

»Alles normal und wie üblich, vermute ich. Sie verdanken ihm den Kaffeeanbau und sonst einiges, hörte ich später von den Leuten. Ein paar Familien sind schon getauft. – Wir kamen gegen Mitternacht an …«

»Haben Sie herausgefunden, wer uns informiert hat?«, unterbrach mich Ellington ruhig.

»Das ist ja das Rätselhafte, wer sollte es gewesen sein? Mehr als zwanzig Kilometer … Vielleicht finden wir es noch heraus. Ich glaube nicht an schwarze Magie.«

»Was fanden Sie vor, als Sie ankamen?«

Ellington ging an den Schrank, um uns Whisky einzugießen. Ich nahm mein Glas, stellte mich ans Fenster und sah auf den See hinaus, während ich weitersprach.

»Wir gingen im Mondschein. Als wir den Hügel zum Haus hinaufstiegen, zündeten wir unsere Fackeln an. Zuerst schien es, als sei alles ruhig und in Ordnung. Ich glaubte schon, wir hätten unsere Expedition vergeblich unternommen, aber der Eindruck täuschte. Als wir näher kamen, sahen wir eine völlig aufgelöste Margarete May, das Kind an der Hand, in der offenen Tür stehen. Sie hatte uns wohl gehört.«

»Wie alt ist das Kind?«

»Vielleicht zwei oder drei Jahre. Ein Mädchen mit einem Verband um den Kopf. Wir sahen Frau und Kind zuerst nur undeutlich, weil im Haus kein Licht brannte. Sie stand da im Schein unserer Fackeln wie eine magische Erscheinung, eine Furie aus der Artus-Sage. Es war schwer, sie zu beruhigen. Sie zitterte am ganzen Körper, ihre Haare waren schweißnass und in ihren Augen stand Panik. Verständlich nach dem, was sie zu berichten hatte. Ich stellte mich vor und fragte, ob etwas vorgefallen sei. Sie sagte: Gehen Sie hinter das Haus! Mehr sagte sie erst einmal nicht. Ich schickte zwei von meinen Leuten. Sie zerrten einen Mann an beiden Beinen mit sich heran, einen bewusstlosen Schwarzen mit blutigem Kopf. Er lebte noch, denn er röchelte. Haben Sie ihn erschlagen?, fragte ich die Frau vorsichtig. Sie schüttelte so heftig den Kopf, dass ihre verschwitzten Haare um ihren Kopf herum flogen. Sie war wirklich schwer zu beruhigen. Aber schließlich erzählte sie, was vorgefallen war.«

»Was haben Sie mit dem Mann gemacht?«, unterbrach Ellington noch einmal meinen Bericht.

»Ich habe drei von meinen Leuten aufgetragen, sie sollten ihn den Hügel hinab schaffen und an den Getreidescheunen auf mich warten. Ich hoffte, die Frau würde sich leichter beruhigen, wenn sie den Mann nicht mehr sehen müsste. Unsere Leute packten ihn an den Beinen und zogen ihn hinter sich her. Der Kopf schleifte über den Boden. Nicht gerade nach Vorschrift … Sie kennen ja unsere unsentimentalen Jungs. Ich wollte den Kerl forthaben, um mit der Frau in Ruhe zu reden. Ich ging mit ihr ins Haus und bat sie, sich zu setzten. Ich hatte bis dahin nur eine Fackel als Beleuchtung dabei und entzündete eine Petroleumlampe, die umgestürzt auf dem Boden lag. Sie hatte inzwischen ihr Kind auf ihren Schoß gesetzt … Eine ärmliche Bude, sage ich Ihnen!«

»Hat das Kind geweint?«

»Es war ganz ruhig, sah aber immer ängstlich zur Tür, als erwarte es jemanden. Die Frau beruhigte sich soweit, dass sie zusammenhängend sprechen konnte. Ihr Mann Richard sei in Shunga, er würde am nächsten Tag zurückkehren. Sie sei oft allein hier gewesen, nie sei etwas passiert. Nach Einbruch der Dunkelheit, als der Boy ihres Mannes alles verriegelt hatte und ins Dorf gegangen sei, war dieser Mann aufgetaucht.«

»Wie hat es begonnen? Was passierte?«, fragte Ellington

»Eine Männerstimme hat geflüstert, sie solle aufmachen. Wer bist du, was willst du, hat sie ihn gefragt. Dich töten, hat der Mann geflüstert, mit einer schleppenden Stimme, als stünde er unter Drogen. Dich töten. Er hat wohl die ganze Zeit geflüstert, auch während er mit der Brechstange versuchte, die schweren Holzblenden aufzubrechen. Davon hat sie aber nichts verstehen können. Sie hat ihm mehrfach mit dem Gewehr gedroht, aber der Mann hat nur gelacht und gesagt: Heute töte ich dich, weiße Frau! Der Horror dauerte mehr als eine Stunde. Bald darauf sind wir gekommen. Die Frau sagte, der Mann sei nicht ängstlich, aber doch seltsam halbherzig vorgegangen, habe mal an dieser, mal an jener Blende zu arbeiten begonnen, dann wieder an der Tür. Sie berichtete, dass sie sich das Schlachtermesser aus der Küche geholt hatte, um ihr Kind zu verteidigen. Sie sagte nicht, *mich* zu verteidigen, sie sprach nur von ihrem Kind. Ich musste sie mehrfach auffordern, weiterzusprechen. Sie sprach ein hervorragendes Englisch, das muss man ihr lassen! Besser als viele unserer eigenen Leute.«

Ich steckte mir eine Zigarette an, stellte mein Glas ab und setzte mich in den Sessel. Die Luft war stickig im Raum, obwohl die Fenster zum See hin weit geöffnet waren. Vom

Strand her hörte man Stimmen der Fischer, manchmal das Kreischen von Papageien und Möwen.

»Wie ging der böse Zirkus da oben weiter?«

»Dem flüsternden Einbrecher war es gegen zehn Uhr gelungen, eine Blende aus der Halterung zu lösen und mit einem Ruck die Innensicherung abzureißen. Sofort hatte er die Scheibe eingeschlagen, von innen den Griff gelöst und das Fenster geöffnet. Ich töte dich, hatte er noch einmal geflüstert, war aber noch unschlüssig vor dem offenen Fenster stehen geblieben, das Brecheisen offensichtlich in der Hand. Ich fragte Mrs. May, ob sie den Mann erkannt hätte.

Nein, ich sah ihn nur wie einen Schatten, ich hatte das Licht gelöscht. Ich bin aber sicher, ihn nie gesehen zu haben. Es war keiner aus unserem Dorf.

Haben sie ihm den Schädel eingeschlagen?, fragte ich vorsichtig noch einmal. Sie schüttelte den Kopf, hob ratlos ihre Schultern. Ich hatte das Messer bereit, sagte sie, ich wäre auf ihn zugestürzt, sobald er durch das Fenster geklettert wäre. Dann kreischte sie plötzlich hysterisch, für mich ganz unvermittelt: Ich hätte ihm die Gurgel durchgeschnitten!

Dann beruhigte sie sich wieder.

Ich wollte sie gerade fragen, ob sie etwas zu trinken im Haus hätte. Da stand sie schon auf und bot mir ein Glas Wasser und Kartoffelschnaps an, ihr Mann habe ihn selbst hergestellt. Der Schnaps war gar nicht so schlecht … Schmeckte wie Wodka oder Gin.

In dem Augenblick, als der Mann Anstalten machte, durch das offene Fenster in das Haus einzudringen, er hatte immer noch seinen Eisenprügel in der Hand und die Frau das Schlachtermesser, muss jemand aus dem Dorf oder sonstwoher aufgetaucht sein, sehr leise, denn die Frau hatte nichts gehört, keine Stimmen, keine Schritte. Mir dröhnte der Kopf, sagte sie, wie hätte ich etwas hören sollen? Diese Person – sie sagte tatsächlich: *this person* – habe nur einmal zugeschlagen und den Kopf des Einbrechers zerschmettert. Sie hatte nicht mehr als einen flüchtigen Schatten gesehen. Der Einbrecher sei mit seinem Kinn auf der Fensterbank aufgeschlagen – da hatte sie kurz sein Gesicht gesehen – und war dann nach hinten gefallen.

Wir werden ihn gleich verhören müssen. Wären Sie bereit, dabei zu sein? fragte ich sie.

Ich will ihn nicht mehr sehen, antwortete sie – und das war ja verständlich. Wenigstens identifizieren müssen Sie ihn, so gut Sie können, bat ich Lady May und die Frau nickte. Ich schickte Thomas zu den anderen, sie sollten den Mann zum Verhör bringen. Ich wollte ihr den Weg ersparen. Sie schleiften ihn an den Beinen heran, wie sie ihn weggeschafft hatten, wie einen schweren Kartoffelsack, den Kopf immer auf dem Boden über Stock und Stein. Im Licht, das durch die Haustür fiel, untersuchte ich ihn. Er trug zerlumpte europäische Kleidung und hatte keine Papiere bei sich. Ich schickte zwei Leute ins Dorf, der *Mwami* und noch ein paar Männer vom Rat der Alten sollten kommen. Ich wollte warten, bis sie ihn gesehen hatten, vielleicht kannte ihn jemand. Sie kamen schneller als erwartet, als wären sie alle wach gewesen. Sie behaupteten, sie hätten nichts gehört und taten erstaunt und erschreckt und bedauerten wortreich immer wieder die arme weiße Mama, als ich ihnen erklärte, hier habe ein Mordversuch stattgefunden. Und ein Totschlag!«

»Kannten Sie den *Mwami*?«, fragte Ellington interessiert.

»Nur seinen Vorgänger, seinen Onkel. Der lag mal hier in unserem Krankenhaus und ließ sich von unseren Ärzten behandeln. Er hatte damals die Hose voll, Angst vor dem Tod. Unsere Ärzte haben ihn durchgebracht, dann hat ihn die Syphilis dahin gerafft. – Sein Neffe ist noch sehr jung, kein so übler Kerl, aber ein bisschen windig ist er schon ... Man muss diese Schwarzen nur richtig anpacken!«

»Wie ging es weiter? Kannte jemand den Mann?«

Ellington sprach immer noch zurückhaltend, als ginge es um ein unwichtiges Detail.

»Nein. Sie behaupteten, er sei bestimmt nicht aus ihrer Gegend. Er sei auch sicher kein *Waha*, ein *Waha* würde niemals versuchen, der Mama Margarete etwas anzutun! Man habe diesen Kerl noch nie gesehen, er wäre ganz sicher von weither gekommen. Dann spuckten sie auf ihn und bedrohten den Bewusstlosen.«

»Haben Sie ihnen geglaubt?«

»Ich bin nicht sicher. Es sind meist die Hexenmeister, die hinter Anschlägen auf Missionare stecken. Da halten die Dorfoberen dicht. Aus Angst.«

»Und wer hat ihn getötet? Wer hat die Frau gerettet?«

»Ich weiß es nicht. Der König und die Ältesten zuckten nur ihre Schultern. Dann begannen sie zu singen, dankten Gott oder den Göttern dafür, dass er die weiße Mama gerettet hat.«

»Hatten die Leute denn keine Vermutung?«

»Man kann nicht in ihre Köpfe sehen. Mag sein, dass sie etwas wussten oder vermuteten. Gesagt haben sie nichts.«

»Ihre Freude an der Rettung: War die echt?«

»Mir kam es so vor. Ich bin nicht sicher.«

»Wo ist der Einbrecher jetzt?«

»Den groben Krankentransport hat er nicht überlebt; vermutlich ist er aber an dem Schlag auf den Kopf gestorben. Die Schwarzen schleppten ihn in eine Hirsescheune, nachdem Lady May ihn identifiziert hatte. Sie sagte, ja, das sei er gewesen! Sie zitterte am ganzen Körper, als sie ihn sah. Das war ein Riese von Kerl, sage ich Ihnen, ein Zweimetermann. So einen findet man unter den *Waha* tatsächlich selten. So einer hätte die Frau mit einem Schlag erledigt, da hätte sie mit ihrem Messer keine Chance gehabt.«

»Was haben Sie unternommen, um den Mörder des Einbrechers zu finden?«

»Ach, wissen Sie, Sir: Ich konnte nicht jeden verdächtigen, der in seiner Hütte einen Knüppel bereit liegen hatte. Aussichtslos in der Nacht. Immerhin, er hat die Frau gerettet.«

»Haben Sie für den Vorfall eine Erklärung, die ich in meinen Bericht aufnehmen könnte? Wir müssen ihn für das Konsulat schreiben. Die Frau und ihr Mann sind Deutsche.«

»Ich vermute, es war einfach Mordlust unter Drogen. Oder Richard May hat dem Mann irgendwann einmal übel mitgespielt, May gilt nicht gerade als zimperlich. Oder es war Hass auf die Weißen ganz allgemein; so etwas kommt vor. Was wir hier in Afrika so machen, gefällt nicht allen; das ist normal. Ich habe im Haus der Frau geschlafen, damit sie sich beruhigt, das Haus hat drei Zimmer und eine Küche. Unsere Männer schlugen ein Zelt vor dem zerstörten Fenster auf und hielten abwechselnd Wache. Thomas ist noch ins Dorf gegangen. Ich höre mich mal um, hat er gesagt. Wenn er etwas erfahren hat, so hat er mir davon nichts erzählt. Ein heller Kopf. Den sollten wir gelegentlich befördern.«

»Erinnern Sie mich daran, Robert.«

»Am Morgen sind wir in jedes Haus gegangen, um die Leute zu verhören. Ohne Ergebnis. Wir blieben, bis gegen Mittag Mister May zurückkam.«

»Was haben Sie in den Hütten gesucht?«

»Na, einen blutigen Knüppel, irgendein Indiz. Oder jemanden, der etwas wusste, sich verdächtig verhielt. Wir wollten nicht einfach so verschwinden, auch wenn die Chancen gering waren.«

»Wo war der Einbrecher in der Zeit?«

»Wir gingen mit Missionar May später zu der kleinen Hirsescheune, wo wir ihn eingesperrt hatten, gefesselt natürlich. Das ganze Dorf hatte sich versammelt, es war ein unglaubliches Gedränge und Geschrei. Er hatte seinen Geist schon aufgegeben. Ich ließ die Dorfbewohner vorbeimarschieren. Wenn ihn jemand erkennt, bekommt er eine Belohnung, sagte ich. Aber niemand meldete sich. Von ihrem Gerede habe ich kaum etwas verstehen können. Aber ich kann meine Hand nicht dafür ins Feuer legen, dass alle ahnungslos waren.«

»Was ist May für ein Kerl? Ein Nazi?«

Ich schüttelte den Kopf.

»Nein, der ganz sicher nicht! Wir sahen ihn kommen. Sein Boy Ndasenga war ihm entgegen gegangen und hatte ihn schon informiert. Der kleine, aber stämmige Mann stürmte den Hügel hinauf wie ein wütender Büffel. Er war außer sich, ballte die Fäuste und fluchte. Ein Missionar sollte öffentlich nicht fluchen, sagte ich scherzhaft, aber er hörte nicht zu. Er war in panischer Erregung wegen seiner Frau und dem Kind. Was ist das für eine beschissene Station, schrie er, was für ein beschissenes Land! Was mach ich eigentlich hier? Abwarten, bis sie uns alle abmurksen? Oder wir sie? – In seiner Erregung stieß er seine Faust gegen meine Brust, aber er griff mich nicht wirklich an. Mal redete er Deutsch, mal Englisch, mal Kisuaheli oder Kiha. Er warf alles durcheinander. Ich hätte ihn umgebracht, schrie er. Seine Frau versuchte, ihn zu besänftigen und sagte: Versündige dich nicht, Richard! Gott hat meine Gebete erhört und uns gerettet! Aber er blickte nur giftig um sich: Bin ich ans Ende der Welt gereist, um meine Frau und meine Tochter umbringen zu lassen? Ist das Gottes Wille? Wer versündigt sich hier? schrie er.

Gott hat mit den Verbrechen der Menschen nichts zu tun! Häng ihm nicht solche Dinge an, ermahnte ihn die Frau. Er wurde noch heftiger und lamentierte weiter: Du meinst also, Gott schickt einen Mörder, und kurz vor dem Totschlag noch einen, der den Mörder erledigt! Und dann die Engländer, damit sie das Trümmerfeld Gottes aufräumen? … Ich konnte ihn dann beruhigen. Aber ich sage Ihnen: In dem brodelt ein Vulkan! Wie er seine Tochter angesehen hat … Soviel Liebe, Zorn und Schmerz! Ich kann ja nur vermuten, was sich in diesem Mann abgespielt hat. Seinen Zorn, seine Sorge – das verstehe ich. Aber da ist noch etwas …«

»Reden Sie nicht so geheimnisvoll! Was meinen Sie?«, fragte der Gouverneur.

»Der Mann ist eher klein, aber ein starker Bursche, einer der Kartoffelschnaps brennt und Leoparden schießt. Man kann sich in einem Missionar täuschen. Der geht, wenn es sein muss, bis zum Letzten … Vielleicht über Leichen. Ich habe auch sein Gesicht in der Hirsescheune beobachtet. Er stand da mit seinen abgerissenen Stiefeln im Stroh vor dem toten Zweimetermann. Ameisen und eklige Käfer hatten sich schon an der Leiche zu schaffen gemacht.«

»Was er da zu seiner Frau gesagt hat, dieses religiöse Zeugs mit Gott, das hört sich tatsächlich beunruhigend an.«

»Nicht für mich. Wo kommen wir denn da hin?«, sagte ich entschieden. »Wir haben hier für Ordnung zu sorgen. Mit ihren dubiosen Königen, Zauberern, Göttern und Missionaren müssen sie selbst fertig werden.«

»Der Missionar hat doch einen ständigen Begleiter, einen Boy! Haben Sie den in die Zange genommen?«

»Er hatte in der Nacht wohl nichts mitgekriegt und in seiner Hütte geschlafen. Er sei müde von der Feldarbeit gewesen. Ein harmloses Bürschchen!«

»Mal angenommen, der Missionar wäre früher als geplant zurückgekommen und hätte selbst den Mann erledigt? Und alles andere war Kaspertheater, um Sie zu täuschen?«

»Ehrlich gesagt, das kann ich nicht ganz ausschließen.«

»Machen Sie einen Bericht! Liegt gegen May sonst noch etwas vor, das ich wissen sollte?«

»Nichts wirklich Wichtiges. Er hat mal eine Plantage von Bierbananen niedergelegt, die ihm nicht gehörte, wollte die Leute am Trinken hindern. Was sollte ich da machen? Ich habe den Fall erst einmal zu den Akten genommen.«

»Das ist gut! Vielleicht brauchen wir es eines Tages.«

Bei seiner letzten Bemerkung trank ich mein Bier aus und erhob mich, ich müsste jetzt gehen, um vor der Dunkelheit in Matiazo zu sein.

»Wird im Dorf noch darüber geredet?«, fragte mich der Engländer.

»Ich war lange nicht zu Hause«, erwiderte ich, »ist ja auch schon ein paar Jahre her!«

»Hör dich mal um!«, sagte er noch. Und ich versprach es. Die Angelegenheit wurde also doch noch von den Engländern verfolgt. Mir schien das völlig verrückt nach so langer Zeit. Sie waren ja nicht einmal sicher, ob der Einbrecher an diesem Schlag mit dem Knüppel gestorben war, und ob der Typ mit dem Knüppel nicht ein Lebensretter gewesen war. Was wollten sie eigentlich herausfinden?

Warum verachten sie uns?

Nach diesem Ereignis ging es dem Kind wieder schlechter. Ich arbeitete an einer Sitzbank aus der Kirche, sie musste repariert werden, direkt unter dem Fenster von Evas Schlafzimmer. Richard lag wach auf dem Bett neben seiner eingeschlafenen Tochter, als seine Frau ins Zimmer trat. Ich hörte ihr Gespräch durch das offene Fenster.

»Hier steckst du?«

Ihr Mann sagte nichts.

»Da ist ein junger Mann, Imani heißt er. Die alte Mama Ntitihera bittet dich zu kommen. Imani sagte, sie läge im Sterben und will dich sprechen.«

»Vielleicht liegt unser Kind im Sterben«, flüsterte er. Seine Frau reagierte nicht, schien ihn nicht gehört zu haben oder war verunsichert angesichts seiner Niedergeschlagenheit.

Er sagte etwas lauter: »Ntitihera ist keine Christin. Was will sie von mir?«

»Ich weiß es nicht. Wenn sie dich braucht, kannst du dich nicht verweigern.«

»Du bist eine Frau! Warum gehst du nicht zu ihr?«

»Ich habe es Imani angeboten. Sie will dich sprechen. Der *Bwana* soll selbst kommen, nicht die Mama, hat sie ihm aufgetragen.«

Der Mann erhob sich und zog seine Frau in die Küche, um das Kind nicht aufzuwecken.

»Ich gehe und nehme Ndasenga mit. Wache bei dem Kind

und achte darauf, ob das Fieber wieder steigt. Dann lass mich sofort rufen. Ich weiß nicht, was mit Eva los ist.«

Er trat vor das Haus, zog stumm seine Stiefel an, klemmte eine Bibel unter den Arm und nahm seine Jacke, denn die Abende hier in den Bergen werden kühl. Dann winkte er mir wortlos. Wir machten uns auf den Weg.

Der Bote Imani, der ihn gerufen hatte, ging zwei, drei Meter hinter uns. May schritt über rote Erde und über Steppengras an der Kirche und an meiner *Shamba* vorbei, durchquerte eine Kaffeepflanzung, ließ das Dorf rechts liegen und ging eilig den Hügel hinab zur Wasserstelle. Imani folgte uns und ließ den Abstand zu uns größer werden, je näher wir der Hütte der alten Ntitihera kamen. Vielleicht hatte er Angst, in die Nähe einer Sterbenden zu kommen. Richard May achtete nicht auf ihn; vermutlich hatte er nur sein krankes Kind im Kopf; er war nicht gerade in fröhlicher Verfassung.

Vielleicht stirbt seine eigene Tochter, während er einer verstockten Heidin, einer alten Hexenschlampe, die knöchrige Hand hält, dachte ich. Sein Beruf war nicht immer einfach, das musste man schon sagen. Sogar eine Frau, die sich nicht hatte taufen lassen, nahm sich heraus, ihn einfach zu rufen.

Abseits vom Weg, unter einer riesigen Platane, stand ihre Lehmhütte. Sie bestand aus einem einzigen Raum, vermutlich nicht mehr als drei mal vier Meter. Das Dach war mit Palmstroh gedeckt, schwarz von Regen und Hitze, es sah rundum verwahrlost aus. Ich war vorausgegangen, warf einen Blick hinein und entschied mich, draußen auf Richard zu warten.

Bevor er sich bückte, um durch den Eingang zu gelangen, blieb er stehen und winkte Imani heran. Ein paar angepflockte Ziegen weideten hier, direkt neben der Hütte lag ein räudiger Hund auf einem schmierigen Rest von einem Kartoffelsack. Er hatte nur noch wenige Haare und Wunden auf dem Rücken. Er musste uralt sein. Wie die alte Ntitihera. Richard fragte Imani leise: »Hat sie selbst nach mir geschickt?«

»Ja, *Bwana*. Sie hat nach dir geschickt.«

Imani blieb in einem respektvollen Abstand stehen, seine beiden Hände versteckte er hinter dem Rücken.

»Was will sie von mir? Was hat sie gesagt? Sie ist ja keine Christin.«

»Sie will mit dir allein sprechen. Von Gott oder Religion hat sie überhaupt kein einziges Wort gesagt.«

»Sie liegt im Sterben, sagst du? Woher weißt du das? Du bist doch kein Arzt.«

Richards Stimme war ungeduldig, und Imani antwortete eifrig und fuchtelte dabei mit einer Hand in unbestimmte Richtungen: »Sie war noch gestern auf dem Markt, um einzukaufen. Heute ließ sie mich durch einen Jungen rufen, ich bin ja einer von ihren Enkeln. Sie lag auf ihrem Lager unter ihrer Decke und sagte, sie würde jetzt sterben. Wenn Mama Ntitihera so etwas sagt, dann ist da was Wahres dran, *Bwana*. Diese Frau redet niemals Unsinn. Das ist allgemein bekannt!«

»Dann geh, wenn sie mich allein sprechen will.« Der Junge entfernte sich vielleicht zwanzig Meter weit und setzte sich ins Gras. Mich beachtete er gar nicht.

»Ich warte hier, bis sie tot ist«, rief er in einem schleppenden Singsang. Richard gab mir ein Zeichen zu warten und zwängte sich durch den Eingang. Von da, wo ich mich ins Gras gesetzt hatte, würde ich das Gespräch gut verfolgen können und beide durch eine Ritze in der Wand im Blick haben.

Die Hütte war vollgestellt mit Krügen, langen Stöcken zum Weiden der Ziegen, Milcheimern, Fischernetzen, Worfelkörben und wackligen Schemeln. Das Dach hatte undichte Stellen und vermittelte von außen den Eindruck, das Haus sei unbewohnt. Der Baum bot vielleicht ein bisschen Schutz vor dem Regen. Ich kannte Ntitihera seit meiner Kindheit. Man schätzte ihre Klugheit und manche sagten, sie würde sich auch mit Zauberei beschäftigen. Sie war immer voller Kraft und Tatendrang, ernährte sich von der Milch der Ziegen und einem kleinen Garten, wo sie Gemüse und Süßkartoffeln anbaute. Vielleicht halfen ihr auch ihre Kinder, immer satt zu werden.

Es ist schon Jahre her, da war sie ein paar Mal in der Kirche, saß in der letzten Bank und hatte Richards Predigten gelauscht. Bald aber machte sie um die Kirche und Richards Versammlungen einen Bogen. Als May sie einmal angesprochen hatte, um mit ihr über die Bibel und die Freiheit der Christen zu sprechen, der Freiheit von Unkenntnis, Sünde und Verderben, hatte sie lächelnd abgewinkt. Sollte sein Versuch doch noch späte Früchte tragen? Vor dem Sterben bekommen die Menschen Angst, hatte ich gehört. Und wenn man so alt ist wie sie, bleibt nur wenig Zeit.

»Setz dich, du Gottesmann!«, hörte ich sie mit ihrer rauen, kräftigen Stimme sagen. Sie wies in die Runde. May suchte sich einen dreibeinigen Schemel, der einigermaßen solide aussah, und setzte sich neben das Lager. Er war wohl versucht, ihre Hand zu ergreifen, wie er es tat, wenn er zu Sterbenden gerufen wurde. Aber hier würde das vielleicht nicht richtig verstanden werden.

»Du hast mich gerufen, Mama Ntitihera. Ich bin sofort gekommen. Möchtest du Worte des Lebens aus der Bibel hören? Ich lese sie dir gern vor.«

»Lass deine Bibel stecken, Richard. Ich will mit dir reden, denn ich sterbe noch heute. Meine Zeit auf dieser Welt ist abgelaufen.«

»Hast du keine Angst vor dem Tod und der Verdammnis?« Richard sprach sanft und beschwörend.

»Wer sollte mich wohl verdammen? Vor dem Tod habe ich keine Angst. Ich möchte etwas anderes mit dir besprechen, Richard May. Du bist ein guter Mann, mit dem man reden kann. Das habe ich immer gewusst. Manche nennen dich Löwenherz.«

Ich hörte ihr stoßweises raues Lachen, aber es hörte sich nicht spöttisch an.

»Du bist lange Zeit nicht mehr in meine Gottesdienste gekommen.«

Sie bewegte sich auf die Seite, um ihn besser zu sehen. Mit leiser Stimme sagte sie: »Darüber will ich nicht mit dir sprechen. Was du in der Kirche den Leuten alles erzählst, ist deine Sache. Das geht mich nichts mehr an. Ich habe weder Angst vor dem Sterben noch vor dem Tod.«

»Warum hast du mich dann rufen lassen?«

»Du sollst mir helfen, über eine Frage nachzudenken, die mich noch beschäftigt: Was tun wir Menschen hier auf der Erde? Warum sind wir hier? Was ist unsere Bestimmung? Wenn es eine gibt ...«

Ich spürte an Richards Zögern und seiner Art zu sprechen, dass er sich unsicher fühlte. Hier vor dieser Frau würde er nicht zu seinen bewährten christlichen Versprechungen aus der Bibel greifen können. Er musste eine Antwort finden, die ihr angemessen wäre und ihn selbst befriedigte. Er saß in der Klemme, das spürte ich und sah gespannt durch einen Ritz in den Brettern ins Innere der Hütte und wartete, wie er sich aus der Affäre ziehen würde.

Ntitihera sah ihn ruhig an, in ihren Augen brannte ein Licht. Oder war es ihre Klugheit?

Da begann der Mann zu sprechen.

»Mama Ntitihera, wir sind Gäste hier auf der Erde. Gott hat sie gemacht, als Geschenk für uns und unsere Kinder. Damit wir sie lieben und achten und seine Gebote halten. Er wird uns alle zu sich holen. Wir Christen nennen den Ort Gottes den Himmel.«

»Wie sieht es da aus?«, fragte sie geduldig.

»Das weiß niemand. Aber dort werden wir seine Herrlichkeit sehen. Wenn wir Gott und seinen Geboten folgen, werden wir bei ihm sein. Nach unserem Erdenleben.«

»Du behauptest solche Sachen einfach. Herrlichkeit – wenn ich das höre, muss ich lachen! Was soll das für eine Herrlichkeit sein, gemessen an der Schönheit dieser Erde?« Sie hüstelte, ich sah, wie sie seine Hand ergriff und festhielt. »Aber meine Frage lautete anders, Richard: Warum sind wir hier auf der Erde?«

»Um uns als Menschen zu bewähren.«

»Was heißt das? Fertige mich nicht länger mit Sprüchen ab, die dir jemand beigebracht hat! Was sollen wir tun?«

»Wir sollen untereinander Frieden halten, Gutes tun, unsere Nächsten lieben!«

Als sie ihre Antwort herausbrachte, hatte sich ihre Stimme kaum verändert. Trotzdem durchfuhr mich ein ängstlicher Schauder. Weil auf solche Art noch niemand mit dem Missionar gesprochen hatte.

»Unseren Nächsten lieben? Wie es die weißen Christen tun, die hier alles beherrschen und uns Schwarze als minderwertig ansehen? Sind das die Boten deines Glaubens?«

»Wir sind auf Erden nicht im Paradies. Damit hat Gott nichts zu tun. Auch Christen handeln sündhaft.«

»Hast du dich mal gefragt, warum sie uns nicht lieben können? Warum sie uns schlechter behandeln als das Vieh? Warum in ihrem Weltbild der Teufel schwarz ist wie wir? Warum sperren sie uns wie Ziegen in einen Kral und verbreiten über die ganze Welt die Nachricht, dass wir minderwertiger sind als irgendein Volk der Erde?« Ntitihera hob den Kopf, zerrte an ihrer alten Decke, damit sie Richard direkt in die Augen sehen konnte.

»Jeder ist für sein Tun selbst verantwortlich. Du kannst nicht mit dem Handeln der Menschen Gott in Frage stellen!«

»Darum geht es mir auch nicht, Richard May! Du hast auf diese Frage also keine Antwort für mich! Lass Gott aus dem Spiel und sag mir einfach, warum wir hier auf der Erde sind.«

»Ich kann nicht Gott aus dem Spiel lassen. Er hat uns geschaffen, und auch die Erde.«

Sie ließ seine Hand los und zeigte mit einem ihrer dünnen Finger auf seine Brust. Ihre Stimme war jetzt heftiger.

»Wer bist du, dass du dich an einer Krücke halten musst? Du bist doch ein guter Mann, das weiß ich! Gib mir eine Antwort!« Ihre Stimme hob sich noch mehr, fordernd und frech. Ich sah, wie ihr die Schweißperlen auf die Stirn traten und an ihrem faltigen Hals herabperlten. Ihr Zeigefinger fuhr aufgeregt vor seinem Gesicht herum.

»Du führst mich in Versuchung, Frau! Vielleicht gibt es nur einen Sinn unseres Lebens.«

»Welchen?«, fragte sie fast drohend.

»Dass wir die Menschen lieben, die uns nahe sind. Die uns das Leben über den Weg schickt.«

»Auf meinem Weg bin zuerst ich selbst!«, sagte sie.

»Auch uns selbst sollen wir lieben, sonst können wir andere nicht lieben. Dazu müssen wir auch mit uns Frieden schließen mit aller Kraft, die uns gegeben ist«, antwortete der Mann.

»Woher kommt meine Liebe? Was ist ihre Quelle – und ihr Sinn?«

»Ich würde als Missionar sagen: Sie kommt von Gott, sie ist sein Geschenk. Er hat uns aus Liebe geschaffen. Aber ich sage dir auch: Sie ist das einzige, das uns am Leben hält, uns fähig macht zu leben. Alles andere ist Unsinn! Ohne Liebe gäbe es die Menschheit nicht mehr.«

»Du Mann und Missionar!« Ihre Stimme wurde sanft und sie griff wieder seine Hand. »Warum sagst du mir das nicht gleich?«

Richard achtete nicht darauf, dass seine Bibel auf den lehmgestampften Boden gefallen war. Er beugte sich über die Frau, als wollte er sie genau betrachten. Ntitihera hatte die Augen geschlossen, aber ihr Gesicht war wach. Nach einigen Minuten bewegten sich ihre faltigen Lippen.

»Ich will dir auch etwas sagen. Weil du ein guter Mann bist, besser als alle Weißen, die ich kenne.« Sie hob ihre Stimme und fuhr leise und zornig fort: »Und die ich bis in alle Ewigkeit, wenn es sie gibt, verfluche. Denn sie werden diese Erde zugrunde richten!« Sie zog ihre Stirn in Falten und wurde ruhig. »Du verachtest uns nicht. Du bist wie wir, du lebst wie wir und hast uns nie eine Art von Überlegenheit gezeigt. Du bist wie ein Bauer mit uns aufs Feld gegangen. Du hast wie ein Händler mit uns Handel getrieben. Du warst unser Arzt und Lehrer, und hast dich doch von uns heilen und belehren lassen. Das ist gut! Deshalb will ich dir etwas sagen, was ich nach langem Nachdenken herausgefunden habe und fest glaube. Hör mir zu!

Nach dem Sterben bleiben wir auf der Erde, wir sind für sie gemacht. Wir begreifen nur nicht, wie das sein wird, weil Gott oder die Götter unseren Verstand klein bemessen haben.«

Sie bewegte ihre Hand, überlegte, hielt ihre Augen auf den Missionar gerichtet.

»Aber eines habe ich trotzdem begriffen: Wenn wir Menschen nicht wären, gäbe es die Erde mit all den Schönheiten nicht, keine Gazellen, die durch die Steppe laufen, keine Löwen oder Leoparden, keine Schlangen und Blumen, keine Heuschrecken. Wir sind hier, damit es diese Schönheiten gibt. Weil wir alle zu einer einzigen Ordnung gehören! Es gibt keinen anderen Grund.«

Richards Kopf bewegte sich, er schwieg. Aber ich spürte, dass er unruhig war. Vielleicht hatte er Angst, durch die heidnischen Worte dieser Alten an etwas Vergangenes erinnert zu werden? Er hatte manchmal sein früheres Leben erwähnt, als er noch kein Christ war, mir aber nie wirklich davon erzählt.

»Mama Ntitihera! Was ist mit deiner Liebe zu deinen Kindern, deinen Nachbarn? Ist die einfach so vom Himmel gefallen?«

»Ja, das ist sie! Der Himmel gehört zu uns. Da ist doch kein Unterschied zu dem, was ich meine, du Schlauberger! Alles andere können wir nicht begreifen, weder du noch ich! Und nun geh. Du hast mich getröstet, Richard. Weil ich in dir Vater, Mutter und meine Kinder wieder erkannt habe. Und alles, was ich liebe.«

Ich sah, dass er zögerte, und ahnte auch aus welchem Grund.

»Ich möchte dich segnen, Mama Ntitihera«, sagte er so leise, dass ich es nur von seinen Lippen ablesen konnte. Sie nahm seine Hand und legte sie sich auf die Stirn.

»Dann segne mich! – Und ich segne dich auch!« Ich sah, dass sie lächelte. Der Mann sagte kein Wort, aber seine Lippen bewegten sich, während seine Hand auf ihrer Stirn lag und er ihr in die Augen blickte. Dann ließ er zu, dass sie ihre Hand auf seinen Kopf legte und etwas murmelte, das ich nicht verstehen konnte. Lange blieb ihre Hand bei ihm, auch als ihr Gemurmel längst verstummt war.

Er erhob sich und nahm seine Bibel auf. Er stand immer noch unschlüssig vor ihrem Lager. Dann beugte er sich über Ntitihera und küsste ihre Stirn. Ich sah, dass sie ihre Augen geschlossen hielt und immer noch lächelte.

Er trat vor die Hütte. Er stand da, hielt beide Hände vor sein Gesicht, als wollte er weinen oder eine Erschütterung verkraften.

Am gleichen Abend kamen Leute aus dem Dorf, um uns zu sagen, dass Mama Ntitihera gestorben war. Sie hatte Imani noch gesagt, Richard May solle sie beerdigen. Er willigte ein, obwohl es in den Regeln seiner Missionsgesellschaft nicht vorgesehen war, eine Heidin zu beerdigen. Er entschied es einfach; seine Frau stimmte ihm zu, als er beim Abendessen in der Küche das Gespräch darauf brachte. Auch Ntitiheras Kinder waren damit einverstanden und verzichteten auf die traditionellen Zeremonien.

Wenige Tage später verfasste May einen Brief an seine Missionsgesellschaft. Er hat mir später den Inhalt erzählt.

Verehrter Herr Inspektor,

aus persönlichen Gründen werde ich meine Arbeit auf der von mir aufgebauten Missionsstation in Matiazo nicht weiterführen können. Ich bitte Sie, die Überweisungen meines Lebensunterhaltes einzustellen. Sobald ich dazu in der Lage bin, werde ich Ihnen mitteilen, wie ich die Kosten meiner Ausbildung im Seminar zurückerstatten werde. Da das Gebäude der Station von mir eigenhändig errichtet wurde, nehme ich mir die Freiheit, meine Frau und Tochter hier noch bis auf weiteres wohnen zu lassen, denn ich plane, zunächst in Afrika zu bleiben. Wenn es mir möglich ist, meine Familie an anderem Ort angemessen unterzubringen, lasse ich Sie das wissen; dann kann ein Nachfolger die Missionsstation übernehmen.

Alle Berichte und Unterlagen, die noch in meinen Händen sind, übergebe ich Missionar Walter Jung in Kigoma.

Gott möge Sie und Ihre Arbeit segnen.
Richard May.

Bevor er den Brief in einen Umschlag steckte, zeigte er ihn seiner Frau. In ihren Augen stand Misstrauen, als er ihr am Küchentisch das Blatt reichte. Es war um die Mittagszeit und vor dem Fenster gackerten Hühner. Ich war am Tisch sitzen geblieben und es war, als hätten sie meine Anwesenheit vergessen.

Sie las langsam. Dann richtete sie einen vernichtenden Blick auf den Mann, der alle Enttäuschungen ihres Lebens zu enthalten schien. Ein böses, ein resigniertes Lächeln verzerrte ihr den Mund, nie werde ich diese Augen vergessen. Weil sie nichts sagte, griff Richard unbeholfen ein altes Streitthema auf, um sie zu provozieren und die quälende Stille zu unterbrechen. In Wirklichkeit brauchte er sie bei dieser Entscheidung mehr als er sie je gebraucht hatte.

»Hast du wieder Rechtschreibefehler gefunden?«

»Was soll das, Richard? Bist du von allen guten Geistern verlassen?«

»Vielleicht«, sagte er und hob aufsässig die Schultern wie ein ertappter Schüler.

»Gott hat uns durch alle Tiefen getragen. Was hast du vor? In was ziehst du mich und meine Kinder?«

»Gott, du und deine Kinder! Vergiss nicht, dass ich auch noch da bin! Ja, Gott hat uns getragen. Aber ich bin leer, ich spüre keinen Auftrag mehr, für den ich in diesem Land tauge. Das hat sich erst einmal erledigt.«

»Wollen wir nicht beten?«, fragte sie plötzlich zaghaft, weil sie einen Ausbruch seines Zorns fürchtete; sie sah die Zeichen auf seiner Stirne. Er stand auf, rückte seinen Stuhl neben den ihren und sie knieten nieder, die Ellenbogen auf den Sitzen, die gefalteten Hände erhoben. Seine Stimme war fest und bewegt:

»Gott, ich habe dich gefragt. Du hast mich lange auf Antwort warten lassen. Du hast mir die alte Ntitihera geschickt, einen Mörder, den jemand erschlagen hat, die Krankheit meiner Tochter und zwei Kinder. Du schickst mir kein Geld, damit wir Krankenhäuser und neue Schulen bezahlen können, während Muslime und Katholiken mir auf die Pelle rücken. Nicht einmal Medikamente schickst du uns ausreichend für die Kranken. Und meine Frau ist wieder schwanger, und du hast mir eingeschärft, das sei meine Verantwortung. Du bietest mir an, gegen Geld für die Engländer zu predigen und zu taufen. Aber du hast mir nicht ausgeredet, von hier fortzugehen, sondern mir gesagt: Versuch es! Es ist dein Leben – und mich daran erinnert, dass mein Urgroßvater fortgegangen ist, vor ihm dessen Vater, später mein Vater, und dann ich selbst. Vielleicht eines Tages meine Söhne …«

Er unterbrach sein Stammeln, bewegte wie erschöpft den Kopf und fuhr dann mit einer Stimme fort, die an Festigkeit gewonnen hatte:

»Ich weiß selbst nicht, ob es gelingt und bitte dich nicht darum, denn du bist kein Gott der Händler und kein Prediger. Aber schicke einen Engel an die Seite der Meinen, und lass ihn auch über mich wachen. Nimm Ndasenga mit, hast du angeordnet, damit er lernt, wie die Welt ist. Das tu ich – und ich vertraue darauf, dass hier alles gut geht.

Amen!«

Er stand auf und umarmte seine Frau. Sie weinte nicht, aber sein Gesicht war nass von Tränen. Er flüsterte in ihre blonden Haare. Ich spürte, dass ihr Duft ihn erregte und ihn daran erinnerte, wie sehr er sie liebte.

»Ich werde der Mission das Geld für die Ausbildung erstatten. Und unsere Reisekosten. Ich will ihnen nichts schuldig bleiben.«

»Wo willst du das Geld hernehmen?«

Ihre Stimme klang, was mich überraschte, sanft, wie angerührt von seiner Liebe, als stünde sie in plötzlicher Übereinstimmung mit seinen abenteuerlichen Plänen, von denen ich auch nichts wusste. Leise sprach er weiter, den Mund nahe an ihrem Haar.

»Ich werde eine Zeitlang mit Ndasenga unterwegs sein, bis alles geregelt ist. Ich werde mit dem irischen Missionar Stoke im Handel arbeiten. Für dich und unsere Kinder, für unsere Zukunft. So geht das nicht weiter. Es ist zu viel passiert. Und es steht zu viel auf dem Spiel.«

Ich begleitete ihn am nächsten Morgen, ohne zu wissen, wohin unser Weg führen würde. Mir hatte er nur gesagt: Komm! Wir hatten kleine Bündel mit notwendigen Sachen über die

Schultern geworfen und schritten kräftig aus. Er hatte sich noch nicht genug beruhigt, um mir alles erklären zu können, aber aus dem Gespräch mit seiner Frau hatte ich einiges mitbekommen. Es war ein Abschied für längere Zeit.

Wir erreichten die Straße, die zur Grenze nach Manyofu und Burundi führt, und folgten ihr nach Norden. Richard hatte sie mit unseren Leuten vom Geld der Engländer gebaut.

Ich grübelte über diesen Mister Stoke nach. Er war vor einigen Wochen auf der Missionsstation gewesen und hatte mit Richard auf der Veranda selbstgemachten Wein getrunken. Ich mochte den Mann nicht; er hatte den üblen Geruch, der vielen weißen Händlern anhaftete. Ich hatte noch nicht begriffen, warum Richard sich mit ihm einlassen wollte.

William Stoke

Richard weiß nicht so recht weiter und ich will ihn nicht mit Fragen löchern. Wir biegen von der Arab Street in die Kirk Street ein. Wir sind ganz in der Nähe des Afrikanerviertels, diesseits des breiten unbewohnten Streifens, wo nur Gras und niedriges Gebüsch wächst und wo beide Seiten ihren Müll abladen. Richard geht jetzt langsam und betrachtet die Fassade eines alten gelb gestrichenen Handelshauses, dessen Fenster grob vernagelt sind. Da entdecke ich auf der gegenüberliegenden Straßenseite Mister Stoke und ich denke: Hoffentlich hat er uns nicht gesehen. Aber in diesem Teil der Stadt, wo Inder und Araber leben, kann ein Europäer einem anderen Europäer nicht aus dem Weg gehen. Löwenherz verzögert seinen Schritt, er muss seinen früheren Handelspartner auch gesehen haben und ist wohl nicht sicher, ob er ihm ausweichen kann. Aber der dicke Stoke kommt schon eilig, hüpfend wie ein Gummiball, über die Straße und streckt Richard beide Hände entgegen, wie er es immer gemacht hatte. Mich beachtet er nicht, obwohl wir uns lange kennen – aus Matiazo, seit wir ihn in Manyofu getroffen hatten, und später aus Bujumbura.

»Bruder Richard, was für eine Freude dich zu sehen!«

Stoke benimmt sich in seiner überschwänglichen Art geradezu kindisch. Keine Spur mehr von herrischem Gehabe. Aber als sich die beiden Weißen die Hand geben, scheint es mir, als stehe eine unsichtbare Wand zwischen ihm und meinem Freund. Die Sonne brennt zu dieser Stunde heftig und verwandelt die Fassaden der Häuser in gleißende Flächen.

Ab und zu wechseln afrikanische Familien, ein schwarzer Koch oder Gärtner über die Straße und verschwinden irgendwohin. An der Ecke zur Sultan Street stehen zwei arabische Männer in ihren hellen langen Gewändern und unterhalten sich. Niemand sonst setzt sich hier der Sonne in der späten Mittagszeit aus.

»Was treibst du in Dar, Richard?«, will Stoke leutselig wissen. Vermutlich spürt er Mays Zurückhaltung nicht.

»Was man so treibt. Ich reise morgen nach Europa und will noch mein Gewehr verkaufen.«

Stoke schielt auf das Bündel unter dem Arm des Mannes und taxiert ungeniert Mays verschlissenen Tropenanzug.

»Sollen wir zusammen etwas essen? Ich lade dich ein.«

Ich bemerke, wie es in Richards Gesicht arbeitet. Um diese Tageszeit muss er Hunger haben, und Weiße können Hunger nicht lange ertragen. Sie sind anders als wir; mich bringt es nicht um, wenn ich mal ein paar Tage ohne Essen auskommen muss.

Geld hat Richard nicht mehr, das weiß ich, auch ohne ihn gefragt zu haben. Er nickt und Stoke zeigt auf ein Restaurant, in dem zur Zeit der Deutschen eine Verwaltung oder ein Club untergebracht sein musste. Ich erkenne es am Baustil; in der Bibliothek in Tabora gab es einen zuerfledderten Bildband mit solchen Gebäuden. Richard gibt mir ein Zeichen, ihm und Stoke zu folgen.

»Das geht nicht! Der kann hier nicht rein«, sagt Stoke und will Richard durch die Tür ziehen. Der hält ihn zurück, bleibt aber freundlich.

»Suchen wir ein anderes Restaurant. Vielleicht einen Inder«, schlägt Richard vor. »Ich war mit ihm zwölf Jahre zusammen, heute ist der letzte gemeinsame Tag und ich werde ihn nicht wiedersehen. Vor dem Abschied nimmt man gemeinsam ein Mahl, nicht wahr? So wie unser Herr Jesus und seine Jünger.«

Stoke blickt mich säuerlich von der Seite an. Wir müssen nicht lange suchen, auf der Arab Street gibt es noch einige Lokale von Griechen oder Libanesen, mit Blick auf den parkähnlichen Streifen. Ein wenig oberhalb der Sträucher kann man deutlich die Hütten der Schwarzen sehen, dahinter ein graues Meer von Dächern, die im Qualm von Kochstellen oder in der flimmernden Hitze verschwimmen. Wir setzen uns auf die Veranda in den Schatten, ich ein wenig abseits von Stoke. Mir ist nicht wohl in seiner Gegenwart und Richard weiß es. Er ist wieder blass und ich mache mir Sorgen um ihn, aber es wird gut sein, wenn er etwas isst.

»Familie?«, fragt Stoke und rutscht auf seinem Stuhl herum.

»Hier in Dar. Wir reisen bald.«

»Morgen die *Usukuma*?«

Richard nickt.

»Was willst du für das Gewehr haben, Richard?«, fragt Stoke und fächelt sich mit dem Blatt, auf der die Speisen verzeichnet sind, Luft zu; ein unfreundlicher Weißer hat es wortlos auf den Tisch gelegt.

»Drei Sack Rohkaffee!«

Stoke will etwas fragen, aber mit einer Handbewegung schneidet ihm Richard lächeln das Wort ab.

»Da gibt es nichts zu handeln!«

»Du bist immer noch der gleiche Dickschädel. Wie damals, wie immer.«

Richard schweigt und starrt auf den Tisch, als suche er auf dem Holz geheime Zeichen. Ich vermute, dass er an die alten Zeiten in Uviza denkt, und an seine Entscheidung, mit Stoke zu brechen.

»Damals in Uviza ist alle Ware verbrannt«, murmelt er und schaut Stoke direkt an. Auf dessen Gesicht erscheint ein selbstzufriedener Ausdruck, begleitet von einem siegesgewissen Lachen.

»Hat alles die belgische Versicherung bezahlt. Du hast bei mir keine Leiche mehr im Keller!«

»Das macht keinen Unterschied.«

»Der Unterschied betrug einige tausend englische Pfund.«

»Du bist auch einmal Missionar gewesen und weißt, was ich meine.«

Stoke ragiert unwillig, als müsste er eine lästige Fliege vertreiben.

»Ich kann kein Gewehr brauchen. Was soll ich damit? Ich könnte dir das Geld geben. Ich bin im Moment ganz gut bei Kasse. Uviza ist wieder aufgebaut und läuft glänzend.« Bei diesen Worten errötet Stokes dickes Gesicht wie das eines ertappten Diebes.

Dieses peinliche Gespräch will ich nicht länger anhören und suche eine Ausrede, das Restaurant zu verlassen. Ich weiß, wie es ausgehen wird, ich kenne meinen Chef, günstigstenfalls mit gegenseitigen Beleidigungen. Richard würde das Geld dieses Mannes nicht nehmen, egal wie sehr er in der Klemme steckt.

Er nickt mir zu und sagt, in einer Stunde sei er soweit. Also stehe ich auf und mache mich davon, ohne gegessen zu haben. Stoke scheint es gar nicht zu bemerken, er zündet sich eine Zigarre an.

Der Vertrag von Manyofu

Wie ein böser Traum suchten mich die Erinnerungen an Manyofu heim, wo alles angefangen hatte. Die Bilder zogen an mir vorbei, als ich es mir im Schatten hinter Büschen bequem gemacht hatte, um vielleicht ein bisschen zu schlafen. Die Herumlauferei und die Sorge um Richard hatten mich ermüdet. Aber aus dem Schlaf wurde nichts. Die Bilder von der ersten Begegnung mit Stoke in Manyofu und allem, was danach folgte, drängten sich auf. So geht es einem mit Erinnerungen an Erlebnisse, deren Sinn man nicht recht verstanden hat; sie melden sich, als drückten unbezahlte Rechnungen auf das Gewissen.

Wir waren sieben Stunden gegangen, auf brennende Sonne folgte ein kühler Regenschauer. Richard marschierte wortlos weiter, als habe er den Regen nicht bemerkt. Es wurde Abend, als wir Manyofu erreichten; das ist der letzte Ort vor der Grenze nach Burundi, ein kleines verkommenes Nest in den Bergen. Die Straße, die wir gegangen waren, hatte Richard gebaut, als ich in Tabora die Schule besuchte. Von meinem Vater wusste ich, dass der Missionar sie trickreich so angelegt hatte, dass sie an Matiazo vorbei führte. Jetzt konnten Lastwagen den Kaffee abholen. Es bedeutete für die Bauern in jedem Jahr eine fürchterliche Plackerei, nach der Ernte und dem Trocknen des Kaffees fünfhundert Säcke oder mehr auf dem Rücken nach Kigoma bis zur Bahnstation zu schleppen. Ob die Engländer seine List durchschaut hatten, wusste ich nicht und wir haben nie darüber gesprochen. Unsere Leute waren zufrieden, denn Richard May verteilte das Geld der Engländer für den Straßenbau gerecht.

Natürlich behielt er einen Teil für sich selbst. Er steckte immer in Geldnot; außerdem hatte er wohl kräftig mit angepackt und seinen Teil verdient.

Ich hatte mitbekommen, dass er nur mit Verspätungen seine mageren Überweisungen aus der Heimat bekam.

Sein drittes Kind war unterwegs; wenn die Zeit der Geburt nahte, wären wir wieder in Matiazo, hatte er versprochen.

Hier an der Grenze regnete es noch immer und wir waren nass wie die Katzen, als wir die matschige Dorfstraße erreicht hatten. Ich ging voran und fragte einen Mann, der unter einem Vordach stand und in den dunklen Himmel blickte, ob wir hier einen weißen Missionar, einen Mister Stoke, finden könnten. Das wäre einer aus Irland, der sich irgendwo mit seiner Frau in Manyofu aufhalten sollte.

»Ein Ire?«, fragte der Mann interessiert. Ich nickte. Unsere Leute können ja nie mit Ja oder Nein antworten, immer stellen sie eine Menge Fragen.

»Ein Missionar?«, fragte er. Ich nickte wieder ungeduldig.

»Ein weißer Missionar aus Irland?«, fuhr er fort und sein Interesse schien immer noch nicht befriedigt.

»Ein irischer Weißer, der früher Missionar war«, sagte ich ihm, um die Verhandlung abzukürzen. May und ich froren in unseren nassen Kleidern.

»Ist er kein Missionar mehr?«, fragte der Mann und fummelte an seinem dunklen Umhang herum.

»Ist er hier in Manyofu?« Ich hatte es gründlich satt, im Regen zu stehen.

Der Mann war endlich zufrieden und zeigte mit seiner Hand auf das einzige Gebäude aus Steinen, das ich in dieser Straße erkennen konnte.

»Das ist eigentlich das Bürgermeisteramt, aber wir haben

keinen Bürgermeister. Aber eine katholische Schule! Wir haben nicht einmal mehr einen König, stell dir das vor! Deshalb vermieten wir das Haus an Durchreisende. Auch an Mister Stoke haben wir es vermietet, für ein paar Tage. Ich bin aber nicht sicher, ob es sich um diesen Mister Stoke handelt, das müsst ihr ihn fragen. Auf jeden Fall ist da ein weißer Mann mit seiner Frau. Andere Weiße gibt es im Augenblick hier nicht. Wir wissen nicht, wie lange sie bleiben werden. Fragt ihn das, damit wir uns darauf einstellen …« Er plapperte weiter. Ich ging zu Richard zurück, der mitten auf der Straße im Regen wartete. Ich sprach ihn an, hatte aber den Eindruck, dass er in Gedanken ganz woanders war; weder hier in Manyofu, noch unter dem Regen, noch in Überlegungen wegen einer Übernachtung, die wir bald brauchen würden.

Wir stiefelten durch den Matsch, glücklicherweise war es noch ein bisschen hell, sonst wären wir in eines der mannstiefen Löcher gefallen und vielleicht ertrunken. Niemand kümmerte sich hier um die Löcher in der Straße. Die Leute gingen rechts oder links vorbei, manchmal wochenlang. So ist das, wenn weder ein Bürgermeister noch ein König sich darum kümmern. Darüber hat sich Richard schon immer aufgeregt. Er ist leicht erregbar, wenn er solche Sachen mitkriegt und niemand sich verantwortlich fühlt. Er würde in einem solchen Fall selbst die Schüppe in die Hand nehmen.

May drückte eine quietschende Türe auf, das kalte Licht einer Petroleumlampe fiel auf die Straße. Wir betraten den einzigen Raum, ich dicht hinter ihm. Auch im Innern herrschten Kälte und feuchte Luft und der Gestank von Zigarrenrauch.

Stoke saß hinter dem einzigen Tisch. Vor ihm stapelten sich Papiere. Er blickte uns aus kleinen Augen entgegen, die fast vollständig von rosa Falten seines fetten Gesichts verborgen waren. Links von ihm an der Wand hatte sich seine Frau auf einer Bank ausgestreckt, ihre Handtasche als Kissen unter dem Kopf, als wollte sie dort schlafen. Sie hatte die Beine gespreizt, und zwischen ihren Knien lag, auf ihrem Rock zusammen gerollt, ein graues Hündchen. Der komische Anblick erheiterte mich, auch wenn ich den Anblick unanständig fand. Natürlich ließ ich mir nichts anmerken, aber mich beachtete sowieso niemand im Raum.

Stoke stand auf und umklammerte besitzergreifend Richards beide Hände. Von seinem Wortschwall verstand ich nur wenig, weil er so rasend schnell Englisch sprach. Es war ja auch nicht für mich bestimmt, Richard würde mir später Einzelheiten schon erzählen. Stoke rückte einen Stuhl an den Tisch und wechselte wieder auf seine Seite. Ich blieb an der Tür stehen und tat so, als wäre ich abwesend. In Wirklichkeit aber hörte ich interessiert zu, was die beiden aushandelten. Ich wusste, dass Richard mit diesem Iren seine neue Arbeit besprechen wollte. Er würde Partner von Stoke werden. Mir gefiel das so wenig wie mir dieser Ire gefiel, oder seine Frau mit dem Hund zwischen den Knien. Aber Richard würde schon wissen, auf was er sich einließ, und auf jeden Fall würde ich bei ihm bleiben.

»Ich mache Sie zu meinem Partner, Bruder May!«, begann Stoke. »Sie übernehmen die Kongoküste plus näheres Inland und Burundi, ich kümmere mich um Tanganjika und Ruanda. Unser Zentrallager steht in Bujumbura, das ist von allen Seiten gut zu erreichen, vom Wasser und zu Land. Die Verwaltungen hier und alle Zollstellen habe ich in der Hand. Sie kriegen einen Pickup, einen Ford. Er steht direkt hinter der Grenze an der Zollstation. Ich musste ihn da stehen lassen, weil er keine Papiere für Tanganjika hat. Er ist von den Belgiern zugelassen, also auch für Burundi und den Kongo. Kein Problem, die Kontrollen an den Grenzen sind über Sie informiert. Hier sind die Schlüssel, die Papiere liegen im Auto.« Er hielt einen Schlüsselbund hoch und ließ ihn klingeln, so wie ein Kind ein Weihnachtsglöckchen bewegt. »Wir treffen uns in zwei Tagen in Bujumbura im griechischen Hotel *Poseidon*, dann weise ich sie ein. Später bauen Sie an der Küste im Kongo ein Lagerhaus und heuern Leute an, die das Zeugs in die Dörfer bringen und verkaufen. Wir machen nichts ohne Sicherheit! Das ist mein Prinzip, anders geht es nicht bei diesen schwarzen Halunken.«

Stoke rieb sich seine große rote Nase, als müsse er nachdenken. Dabei bewegten sich auf komische Art die vielen Falten in seinem Gesicht. Auf dem Tisch vor ihm lag eine Bibel, wie ich sehen konnte.

»Suchen Sie sich gute Leute aus, davon kennen Sie ja aus Ihrer Arbeit zur Genüge.« Wieder legte er eine Pause ein. »Am besten schwarze Christen, die haben Anstand gelernt. Mit denen komme ich immer gut klar.«

Dann redeten sie von Bezahlung und Anteilen, das interessierte mich weniger, und ich überlegte, dass wir von Burundi aus jederzeit leicht nach Hause kommen würden, eine halbe Tagesreise mit dem Auto. Ich dachte an Richards Familie, meine Eltern, meine Freundin.

Stoke hatte einen Vertrag aufgesetzt und schob ihn über den Tisch.

»Wer hier in Afrika nicht reich wird, ist entweder blöd und unfähig, oder er hat unsere Welt nicht begriffen!«, sagte Stoke, während Richard ohne sichtbare Regung, vielleicht sogar gelangweilt, den Vertrag durchlas.

Er schien zu zögern und ich sah, dass er auf seinen Lippen kaute. Auch Richard mochte Stoke nicht – aber er hatte mir gesagt, das sei eine Chance, ein bisschen Geld zu verdienen, vielleicht sogar neben seiner Missionarstätigkeit. Die wollte er nicht ganz aufgeben. Ich hatte mir schon gedacht, dass er den Brief an die Mission wohl nicht abgeschickt hatte.

Keine Ahnung, wie er das anstellen wollte, der fromme Mann. Arbeiten als Händler im Kongo und in Burundi, zugleich Predigen und Heilen? Aber er hatte ja auch nebenbei Straßen gebaut und an die zwanzig Schulen und Krankenstationen, hatte nebenbei Lehrer ausgebildet und den Teufel ausgetrieben, nebenbei Kaffee angebaut und verkauft, nebenbei Löwen- und Leopardenfelle nach Deutschland geschickt, nebenbei Familien versöhnt und Sterbende getröstet.

Gehört das alles etwa zu seinem Missionarsberuf?

Ich machte mir meine eigenen unwichtigen Gedanken. Richard hatte mir gesagt, es sei höchstens für ein Jahr. Ich würde auch Geld verdienen und könnte dann ja heiraten. Mit ein bisschen Geld auf der Kante sei manches leichter. Wenn man zum Beispiel einen Arzt braucht, oder ein Krankenhaus bezahlen muss. »Oder den Brautpreis für eine islamische Frau aufbringen muss.« Dabei hatte er mich durchdringend angesehen. »Das mit dem Übertritt zum Islam schlag dir aus dem Kopf!«

Als wenn ich das ernsthaft in Erwägung gezogen hätte! Wegen einer Frau würde ich nicht einfach die Religion wechseln, auch wenn manche darin kein Problem sehen. Aber für mich kam das damals nicht in Frage. Sollte ich Richard etwa verlassen?

Wir schliefen in der Nacht auf dem Fußboden. Stoke und seine Frau verschwanden, sie hatten irgendwo eine Unterkunft gemietet.

Am nächsten Morgen trennten wir uns von William Stoke und seiner Frau mit dem Hündchen.

Bwana Richard hatte ihm gesagt, ich sei seine Vertrauensperson. Aber Stoke schien das nicht zu interessieren, er hatte mich immer noch nicht angesehen.

»Sie machen das schon, Bruder May«, hatte er gemurmelt.

Wir standen auf der Straße im Matsch. In der Tür zum Bürgermeisteramt lauerte Stokes Frau. Sie hatte sich frierend ein Tuch um die Schultern gezogen. Das Hündchen stand zwischen ihren Beinen, es hob mit dem Kopf ihren Rock hoch und stierte zu uns herüber.

Warum bringt Stoke den Köter nicht um?, dachte ich.

Ich war froh, dass wir zur Grenze aufbrachen, sie war eine halbe Stunde Fußweg entfernt. Richards Stimmung würde sich vielleicht bessern, wenn er handfeste Aufgaben vor sich hatte.

Ein etwas heruntergekommen wirkender Engländer und drei Schwarze saßen in einer Holzhütte und stierten uns ohne Neugier, ohne Interesse aus einem breiten Fenster ohne Scheiben entgegen. Richard wechselte ein paar Worte mit dem Engländer, den seine Vorgesetzten hier offensichtlich lebendig begraben hatten, und schob ihm unsere Pässe und Papiere durch das Fenster. Der Mann schob sie, ohne sie auch nur aufzuklappen, wieder zurück. Die drei Schwarzen standen schweigend vor der Tür, als wir den Wagen starteten.

Trauen Sie Niemandem!

1935, neun Jahre nach seiner Ankunft in Afrika, entschied sich Richard May unter der Last der Armut, seinen Beruf als Geistlicher und Lehrer im Dienst einer Missionsgesellschaft aufzugeben, um mit Elfenbein, Edelhölzern und Textilien zu handeln. Er rechnete sich nach allem, was ihm dieser Ire Stoke erzählt hatte, gute Chancen aus, bald zu einem gewissen Wohlstand zu kommen. Er hatte das Vertrauen von Afrikanern und Europäern, Königen und Chiefs erworben. Sie riefen ihn, weil sie – einfältig, ratlos oder gläubig – Lösungen für ihre Probleme suchten: gegen die Schädlinge auf den Feldern, bei Streitigkeiten mit den Nachbarn oder bei der Rettung ihres kleinen Lebens mit Hilfe des *Buchs des Lebens*. May hatte ihnen nie etwas vorgemacht und ihre großen Hoffnungen immer gezügelt, doch ein gewisses Ansehen in der ganzen Region und darüber hinaus hatte er sich so mit den Jahren erworben. Seine Entscheidung sprach sich bald am nördlichen Tanganjikasee herum.

Im Hotel in Bujumbura trafen wir einen alten Bekannten, einen etwas verwahrlosten übergewichtigen Deutschen mit Namen Egon F. Kirschstein, der als Geologe mit seiner afrikanischen Frau und sechs Kindern bei uns in Matiazo häufig längere Zeit Station gemacht hatte, weil er für unsere Missionsschule kein Schulgeld bezahlen musste. Er hatte sich in der Nähe auch als Farmer versucht, war aber schnell gescheitert. Nachdem May ihm erzählt hatte, er würde mit Stoke arbeiten, riet er ihm, die Finger davon zu lassen.

»Für Geschäfte in Afrika musst du aus anderem Holz geschnitzt sein, Richard! Du bist für solche Dinge viel zu anständig«, hatte er auf May eingeredet. Aber Richard hatte nur gelacht. Ich weiß nicht, ob Kirschstein seine wirklichen Beweggründe kannte oder sich dafür interessierte. Was das angeht, tappte ich ja auch weitgehend im Dunkeln.

Auf diese Reise nahm May nur sein Drilling-Gewehr mit, das er bei seiner Ankunft in Afrika beim Missionsausstatter Ruppel & Ruppel in Dar es Salaam gekauft hatte. Damals hatte ihn der jüngere der Brüder beraten, der an dem Tag im Laden Dienst tat. Sie waren nach dem Kauf der Flinte und einiger anderer Ausrüstungssachen in ein indisches Teehaus gegangen. May erzählte später manchmal von den eindringlichen Ratschlägen des jungen Ruppel:

»Trauen Sie niemandem! Gehen sie nie allein in die Dörfer, man schneidet Ihnen für ein paar Rupien die Kehle durch! Lassen Sie Ihre Frau nie allein zu Hause, man weiß nicht, was alles passieren kann! Lassen Sie nie Geld offen im Hause liegen, wenn afrikanische Angestellte in der Nähe sind! Sie verlieren Ihr Gesicht, wenn sie Ihr Gewehr selber tragen! Lassen Sie alle Hausarbeit von Afrikanern machen, sonst verlieren Sie auch damit Ihr Ansehen. Streng müssen Sie sein, wenn Sie etwas erreichen wollen. Glauben Sie einem alten Afrikaner!«

Die Geschäfte ließen sich besser an, als wir es nach Kirschsteins finsteren Vorhersagen vermutet hatten. Schon nach drei Wochen schickte Richard einen Boten mit Geld zu seiner Frau. In den langen einsamen Abendstunden im Kongo oder Burundi, die wir gemeinsam verbrachten und wo wir oft im gleichen Raum schliefen, erfuhr ich etwas mehr von Richards Beweggründen, den Beruf zu wechseln. Er sprach nie ganz offen darüber, aber ich hatte gelernt, mit seinen Worten auch sein Gesicht zu deuten. Einige Ereignisse der letzten Zeit hatten ihn aus dem Gleichgewicht gebracht: die Operation seiner Tochter vermutlich, das Gespräch mit Mama Ntitihera, und die Kaffeepreise, die damals stark gefallen waren. Und dann waren da die verzagten Augen seiner Kinder und seine Sorge um ihre Zukunft. Er dachte an das Wohlergehen seiner Frau, die er über alles und eifersüchtig liebte. Ob ihn auch Zweifel plagten über das, was die Europäer, also auch die Missionare, in den beherrschten Ländern in Afrika anrichteten, konnte ich nur vermuten. Denn, so wusste ich aus meiner Schulzeit in Tabora: Sie waren überall wie die Heuschrecken über den Kontinent hergefallen.

Ob er viel über den Unterschied nachdachte, den Menschen in Afrika Hoffnungen und Bildung oder Illusionen und Waren zu verkaufen, sie als mündig zu behandeln oder sie unmündig zu halten, kann ich bis heute nicht sagen. Sicher bin ich, dass seine eigenen Verletzungen und Enttäuschungen – nicht nur jene aus seinem Leben in Afrika – tief in seiner Seele rumorten. Er war nicht sentimental, aber ein leidenschaftlich moralischer Mann. Und ich dachte mir, er würde nicht von einem Tag zum anderen ein Gauner werden, nur weil er in der Firma dieses Mister Stoke arbeitete.

Zum Beginn des Jahres 1936, nach sechs Monaten der Reisen, der Gewinne und Verluste, des Feilschens und seinem Bemühen, niemanden zu übervorteilen oder übervorteilt zu werden, der Saufereien mit belgischen und britischen Kolonialbeamten, der hartnäckigen Verweigerung der Hurerei mit schwarzen Frauen, die weiße, arabische und schwarze Geschäftspartner ihm ganz selbstverständlich anboten, des Gezerres um Papiere und Passierscheine an den korrupten Grenzposten, war das Abenteuer zu Ende. Er hatte seine schlecht bezahlte Arbeit als Missionar wieder aufgenommen, denn seine Hoffnungen auf ein bisschen Wohlstand durch Handel waren, so sah er es zumindest, in wenigen Stunden vernichtet worden. Ich, Ndasenga, war immer an seiner Seite gewesen, mit Ausnahme jener Nacht, als alles in Flammen aufging. Davon hat er später erzählt; das meiste aber weiß ich von den Afrikanern aus dem Dorf Uviza, die dabei waren und alles interessiert beobachtet hatten.

Als alles verbrannte

Die Lagerhalle brannte, der Wind trieb die Flammen über das Wasser, die trockenen Palmzweige bäumten sich im Feuer auf wie riesige flackernde Kerzen.

May hatte das Gebäude auf einem flachen Hügel etwas oberhalb vom Tanganjikasee erbaut, zweihundert Meter nördlich vom Dorf Uviza. Der Platz war gut gewählt. Hier führte die Straße vom Nordwesten aus Burundi vorbei und kleinere Schiffe konnten anlegen, um Waren zu bringen oder abzuholen. Hier konnte man bei Bedarf auch Arbeitskräfte mieten.

Die Bewohner hatte niemand gefragt, soviel ich weiß. Kinder und Frauen standen neugierig herum und sahen zu, wie ein Trupp von Arbeitern aus Burundi anrückte, angeführt von einem Weißen. Die Fremden mauerten die Fundamente, fällten Bäume und schnitten Holz. Man erzählte sich im Dorf, bei diesem Weißen handele es sich um einen deutschen evangelischen Missionar. Man ging ihm ängstlich aus dem Weg, denn hier waren alle katholisch, und von den Protestanten hörte man von den belgischen und französischen Priestern ziemlich schlimme Geschichten. Besser, man kam ihnen nicht zu nahe.

Nach zwei Wochen stand das Gebäude und war zum Zeitpunkt des Brandes bis unters Dach mit Waren gefüllt. Die Bewohner erwachten um Mitternacht durch scharfen Geruch und das Bersten von Holz. Als sie zum Strand stürmten, sahen sie einen Feuerschein, der den See weithin erleuchtete.

Der Brand vernichtete alles bis auf die gemauerten Grundfesten der Halle. Die Rettungsversuche der Dorfbewohner konnten daran nichts ändern. Sie holten ihre billigen belgischen Zinkeimer, Kalebassen und Ziegenbälge aus ihren Häusern und Hütten, schöpften Wasser aus dem See und schütteten es in die Flammen. Ein nutzloses Unterfangen. Sie versuchten es trotzdem.

Im Morgengrauen streiften vier belgische Kolonialbeamte in tadellos gebügelten hellbraunen Uniformen durch Buschwerk und die verkohlten Reste des Brandes. Sie staksten über den Strand, blickten nachdenklich auf den See, als könnte er ihnen bei der Lösung ihrer Fragen helfen. Sie suchten lustlos nach irgendwelchen Spuren, bückten sich, besahen sich ein Stück Holz und warfen es auf den Schutthaufen zurück. In dem Gewirr verkohlter Balken und qualmender Baumwollballen war es ihnen unmöglich, Beweise für eine Brandstiftung zu finden. Aber was sollte es sonst sein? Elektrizität gab es in Uviza nicht.

Die befragten Bewohner hatten – wie nicht anders zu erwarten, dachte Kommissar LeBruin – nichts Verdächtiges bemerkt. Stoffballen und kokelnde Elfenbeinzähne verbreiteten beißenden Gestank. Ein Beamter urinierte in die Büsche und schaute dabei auf den See. Was das Feuer nicht vernichtete, hatte das Löschwasser besorgt. Die schwarzen Dorfbewohner standen in einiger Entfernung herum. Sie lachten und redeten, als sei es ein Spaß, dass hier ein Vermögen vernichtet worden war. LeBruin, der leitende Kommissar, blickte unschlüssig zu den Leuten hinüber.

»Sie löschen nur dann ordentlich, wenn man ihnen sagt, sie sollen ordentlich löschen und sie dabei überwacht«, sagte er zu Richard May, der einen halben Schritt hinter ihm ging. »Wenn man ihnen nichts sagt, löschen sie nur ihr eigenes Haus.«

»Was Sie da sagen, ist ungerecht«, entgegnete Richard ruhig. Er wünschte, die Belgier würden bald ihre Arbeit abschließen und gehen. Er war sich nicht einmal sicher, ob er die Hoffnung haben sollte, dass sie einen Brandstifter fanden. Das würde auch nichts mehr ändern; er hatte seine Entscheidung schon getroffen.

Der Kommissar blieb nachdenklich stehen und kratzte mit seinem Stiefel im Sand.

»Niemand hat hier einen Versuch unternommen, einige der wertvollen Stoffballen herauszutragen!«, sagte er. »Aber vielleicht war es zu spät dafür.«

LeBruin war im zweiten Anlauf immer bereit, für *seine Afrikaner*, wie er sie im Stillen nannte, eine Entschuldigung zu finden. Das war keine Art von Zuneigung oder Verständnis, eher Resignation oder ein Versuch, bei seiner meist erfolglosen Arbeit nicht zu verzweifeln.

Die Dorfbewohner, notdürftig bekleidet, die meisten Kinder nackt, standen unter den Bäumen, die grauen Strohdächer ihres Dorfes wie eine Theaterkulisse im Hintergrund. Schon am frühen Morgen waren die weißen Männer der belgischen Verwaltung mit Autos gekommen. Richard May hatte den Rest der Nacht in der Nähe der Brandstelle verbracht; er würde sowieso nicht mehr schlafen können.

Er hatte auf einer angeschwemmten Holzkiste gesessen und geraucht, als die Beamten auf die Brandstelle zuhielten. LeBruin hatte sich vorsichtig neben den Mann auf die Kiste gesetzt und ließ sich Richards Pass zeigen. Er hielt das braune Heft unschlüssig in der Hand – Deutsches Reich, Reisepass – und dazwischen der Adler mit dem Hakenkreuz. Er blätterte alle Seiten auf, um sich die einzelnen Stempel anzusehen und gab das Dokument zurück.

»Haben Sie Feinde, mein Herr?«, begann der Kommissar.

»Ich habe keine Feinde.«

LeBruin registrierte, dass dieser Mann nicht besonders beeindruckt war von der Tatsache, dass hier alles in Asche lag. Jede Frage beantwortete er mit großer Aufmerksamkeit und einer Art von Gelassenheit, die LeBruin verblüffte.

»Was ist mit Ihrem Boy? Er folgt Ihnen doch sonst wie ein Schatten, habe ich gehört …«

»Sie meinen Ndasenga? Er ist nicht mein Boy. Er arbeitet für mich.«

»Nennen Sie es, wie Sie wollen. Kann es sein, dass er das da angesteckt hat?« Er zeigte auf den qualmenden Trümmerhaufen. »Vielleicht um Sie zu ärgern oder sich zu rächen?«

»Unsinn.«

»Man weiß ja nie. Manchmal drehen sie durch in ihrem verborgenen Hass auf uns. Wir können nicht in ihre schwarzen Köpfe sehen.«

»Ndasenga dreht nicht durch. Ich lebe seit fast zehn Jahren mit ihm. Er ist bei mir in die Schule gegangen.«

»Das sagt noch nicht viel … Wir werden ihn verhören. Wo steckt er?«

»Ich weiß es nicht. Er hatte frei und ist in ein nahes Dorf gegangen, um Freunde zu treffen.«

»Wenn er kommt, schicken Sie ihn zu mir. Waren nur Stoffe da drin?«

»Stoffe und Elfenbein. Eine Menge Elfenbein.«

»Was wollten Sie damit machen?«

»Verkaufen. Die Stoffe in den Dörfern. Für morgen erwarten wir einheimische Händler. Das Elfenbein sollte mit dem nächsten Schiff nach Bujumbura.«

»Was sind das für Leute, diese Händler?«

»Afrikaner und Araber. Auch ein Inder hat sich beworben; er betreibt eine Duka in der Stadt.«

»Das Zeugs war doch versichert?«, fragte LeBruin.

Richard lachte gutgelaunt und ohne Ironie, zog Zigaretten aus seiner Jackentasche.

»Weiß ich nicht. Hier kann man, glaube ich, nichts versichern. Die Waren gehörten William Stoke. Da müssen Sie ihn fragen.«

Er bot dem Beamten eine Zigarette an, aber der lehnte ab.

»Stoke, den kenne ich. Der versichert alles, so wie ich ihn einschätze. Der lässt es nicht darauf ankommen.« Er notierte sich etwas. »Dann können wir Ihnen wohl jetzt nicht weiterhelfen, oder? Haben Sie noch andere Lager?«

»Nicht im Kongo. Das Hauptlager ist in Bujumbura.«

May blieb allein zurück. Der Brandgeruch verursachte ihm Kopfschmerzen. Aus den Augenwinkeln sah er zu den schweigenden Schwarzen hinüber, die ihn betrachteten wie einen Mann, dem nicht zu helfen ist. Vielleicht haben sie gar keine Vorstellung davon, was das alles bedeutet, dachte May. Sie haben ja auch nur eine undeutliche Vorstellung davon, warum sich diese Weißen hier zu schaffen machen und alles nach ihren Mustern auf den Kopf stellen.

Richard May hatte mir frei gegeben, nachdem wir abends gemeinsam die letzten Stoffballen verstaut hatten und der Lastwagen nach Bujumbura zurückgefahren war. Mit schweren Eisenschlössern hatte May die Eingänge verriegelt und den beiden schwarzen Wächtern eingeschärft, nicht einzuschlafen. Sie waren verschwunden, May hatte vergessen, sie den Beamten gegenüber zu erwähnen. Richard glaubte nicht, dass sie die Brandstifter waren, konnte sich ihr Abhauen aber nicht wirklich erklären. Als alles brannte, hatten sie sich vermutlich aus Angst aus dem Staub gemacht.

»Mach mit dem Rest des Tages, was du willst. Vor morgen früh brauche ich dich nicht«, hatte Richard zu mir gesagt. »Ich lege mich aufs Ohr. Du weißt, wo du mich findest. Ich bin müde.«

Er hatte sich in die Pension einer indischen Familie im gegenüberliegenden Teil des Dorfes zurückgezogen. Schon früher, beim Bau der Halle, hatte er dort übernachtet. Mit Kleidern hatte er sich aufs Bett gelegt und war eingeschlafen – bis ihn der Lärm weckte und der Gastwirt kurz danach vorsichtig an seine Tür pochte, um ihm von dem Brand zu berichten.

Gegen Mittag des gleichen Tages kehrte ich zurück. Ich erzählte May, dass die belgischen Beamten mich auf dem Weg nach Uviza aufgegriffen und verhört hatten. Danach hatten sie mich laufen lassen.

Richard hörte kaum zu; er war in einer, wie ich fand, unangemessen fröhlichen Stimmung. Vielleicht weil er eine Einsicht gewonnen hatte, die wie eine Erlösung auf ihn wirkte.

Das Abenteuer, in Afrika Handel zu treiben, hatte uns etwas mehr als ein halbes Jahr unserer Leben gekostet.

Drei Monate nach der Heimkehr zu seiner Familie erhielt Richard einen Brief der belgischen Behörden aus dem Kongo, die Ermittlungen seien leider ergebnislos verlaufen und gälten als abgeschlossen; vermutlich habe sich der Brand durch unsachgemäße Lagerung selbst ausgelöst. Alle anderen Formalitäten würde man mit William Stoke regeln, auch die Fragen der Versicherung. An den Leuten des Dorfes Uviza habe man für alle Fälle ein Exempel statuiert. Was das bedeutete, konnten wir nur vermuten, sprachen aber nicht darüber.

Richards Frau war schwanger im achten Monat, er hatte alle Hände voll mit seiner Familie und der Gemeinde zu tun. Das Geld von seiner Missionsgesellschaft kam noch unregelmäßiger. Um etwas zu verdienen, predigte er für die Familien britische Offiziere, traute britische Paare und taufte ihre Kinder. Sie nannten ihn *Reverend*, er ließ sich einen Stempel mit diesem Titel anfertigen und setzte ihn auf seine Briefe an britische Behörden.

Mit seiner Gesundheit ging es bergab. 1938 beschloss er, nach Deutschland zurückzukehren, sobald das Reisegeld eingetroffen wäre.

Über Vergangenheit und Schmerzen sprechen

Richard tritt allein aus dem indischen Restaurant. Ich merke sofort, dass er getrunken hat, denn er steht da starr wie ein Askari beim Exerzieren.

Er sollte den Rest seiner Kräfte nicht mit Sauferei verbrauchen, denke ich, sage aber nichts dazu.

Manche Weiße taumeln in dem Zustand, andere werden müde oder ganz wach, wieder andere böse oder beginnen zu singen. Das ist bei betrunkenen Schwarzen anders; sie kriegen rote Augen, suchen nach Frauen und pöbeln dich an, wenn du noch nüchtern bist. Diesen Mann macht der Alkohol zu so etwas wie einer hölzernen Puppe. Sein Gewehrbündel hat Richard immer noch in der Hand, also hat Stoke ihm das Ding nicht abgekauft. Oder Richard hatte es abgelehnt, mit ihm das Geschäft zu machen. Stoke hat immer seine Hand auf dem Geld gehalten, der gab keine Rupie aus, wenn es nicht sein musste.

Als ich näher komme, sehe ich, dass es Richard schlecht geht.

»Ich muss mich irgendwo ausruhen«, murmelt er und drückt mir das Gewehr in die Hand.

Einen solchen Satz hört man nicht oft von ihm. Müde habe ich ihn nur nach der Operation seiner Tochter gesehen, oder in den letzten Monaten, wenn er in Kigoma Linderung suchte; er ist immer ein starker Kerl gewesen. Wohin kann ich mit ihm gehen, damit er Ruhe hat und ich bei ihm bleiben kann?

In dem Zustand lasse ich ihn nicht allein, wer weiß, ob nicht die Schmerzen wiederkommen und wer sich an ihn heranmacht.

Ich weiß, dass es in der Nähe des *Open Space* zwischen dem Viertel der Europäer und der Afrikaner ein arabisches Restaurant gibt. Ich mache mich auf den Weg. Er folgt mir wortlos, sein Gang ist schleppend. Hier ist die Hitze am Nachmittag unerträglich, weil wir uns vom Meer entfernen. Ich kenne mich in der Gegend ein bisschen aus. Wir waren ein paar Mal gemeinsam in Dar, als wir Waren vom Schiff holten, um sie in die Eisenbahn nach Kigoma zu verfrachten, oder Tierfelle nach Deutschland verschickten.

Ich frage einen Schneider, der an seiner Maschine vor seinem Laden sitzt und näht, nach dem arabischen Restaurant. Er hat noch nie davon gehört und tritt wieder auf seine Pedale. Ein alter Mann in zerlumptem Umhang und einen Hirtenstab in der Hand hat meine Frage gehört. Er bleibt stehen und sieht verstohlen meinen Begleiter an.

»Dem weißen Mann geht es nicht gut«, murmelt er, ohne auf Richard Rücksicht zu nehmen. »Ihr müsst dieser Straße noch zweihundert Schritte folgen, bis zur Ecke am *Open Space*. Das Restaurant *Bushiri* ist auf der linken Seite, dunkelgelb gestrichen und aus Stein gebaut, mit hohen Fenstern. Ihr werdet es erkennen.«

Ich bedanke mich bei dem Alten und nehme Richards Arm, um ihm das Gehen zu erleichtern. Er ist fahl im Gesicht und ich sehe, dass die Schmerzen wieder einsetzen. Vielleicht hat die Wirkung der Tabletten nachgelassen; seine Stirn ist voller Falten. Jetzt sieht er aus, als wäre er zwanzig Jahre älter als in Wirklichkeit.

Der Innenraum des *Bushiri* ist sicher zehn Meter lang und acht Meter breit. Hier ist viel leerer, halbdunkler Raum. Vor den Fenstern sehe ich niedrige gepolsterte Kissen, hier und da einen Diwan und dazu passende kleine Tische. Unter einem Fenster lagern vier oder fünf arabische Männer mit grauen Bärten, die Wasserpfeife rauchen; andere Gäste sehe ich nicht. Ich schleppe Richard auf die gegenüberliegende Seite und helfe ihm, sich auf einen Diwan zu legen. Seinen Kopf stütze ich mit einem Kissen. Er beginnt sich zu entspannen und schließt die Augen.

»Hast du noch von den Tabletten?« Er nickt und zeigt auf seine Jackentasche. »Ich hole Wasser. Willst du was essen?« Er schüttelt den Kopf.

Ich kann ihn hier nicht einfach liegen lassen, ohne seinen Zustand mit dem Besitzer des Hauses zu besprechen. Ich gehe zum hinteren Teil des Raums und schiebe den dünnen Vorhang beiseite. Ein großer schlanker arabischer Mann mit dunklem gestutzten Bart und einer weißen *Galabía* steht am Fenster. Er dreht sich um, als er mich hört.

»Ich habe einen Weißen hierher gebracht. Er braucht ein Glas Wasser für seine Tabletten und ein bisschen Ruhe. Ich hoffe, er kann hier bleiben, bis es ihm besser geht.«

Der Mann sagt erst einmal nichts, schiebt sich langsam an mir vorbei und blickt in den Gästeraum. Richard liegt da auf dem Rücken wie tot.

»Wer ist der Weiße?«, fragt der Araber leise.

»Ein Missionar. Er reist morgen nach Europa und will noch sein Gewehr verkaufen. Die Weißen haben alle Gewehre und an Schwarze darf er sie nicht ohne Genehmigung abgeben. – Haben Sie ein Glas Wasser für ihn?«

»Warum kümmerst du dich um ihn?« Er sieht mich immer noch nicht an. Araber benehmen sich manchmal sehr anmaßend gegenüber uns Schwarzen.

»Wir arbeiten seit zwölf Jahren zusammen. Ich war früher sein Boy«, sage ich. Er sieht mich mit einem mitleidigen Lächeln an, aber Blicke dieser Art kenne ich schon und sie machen mir nichts aus. Was weiß er schon von diesem Mann und mir! Soll ich ihm das hier erklären, während er mit einer

Hand mit dem Vorhang spielt? Er würde sowieso nichts verstehen, dieser Scheich aus der Wüste.

Er holt einen Krug aus Ton und zwei Gläser. Als wir vor Richards Lager stehen, blickt er nicht auf.

»Wie heißt der Mann?«, fragt mich der Araber, als läge ein Toter vor uns.

»Richard May. Wir nennen ihn manchmal Löwenherz.«

Er scheint den Namen ganz normal zu finden, verzieht nicht einmal sein Gesicht, sondern murmelt: »*Bushiri* war auch ein Löwenherz!«

Er füllt ein Glas mit Wasser und drückt es mir in die Hand. Er folgt mir bis an Richards Lager. Ich suche nach den Tabletten in seiner Jacke und lege zwei davon auf den Tisch.

»Er kann so lange bleiben, wie es nötig ist. Sag mir Bescheid, wenn er Hunger hat. Dann bringe ich euch etwas zu essen.« Er bleibt noch stehen, obwohl alles gesagt ist, und betrachtet Richard wie einen zugeflogenen seltenen Vogel.

Der Araber zeigt auf das Bündel.

»Was ist da drin? Ein Gewehr?«

»Ein Drilling. Er will ihn verkaufen.«

»Ich werde es an mich nehmen. Im Restaurant sollte es keine Waffen geben.« Er rückt auf dem Tischchen Gläser und Wasser zurecht und geht mit dem Bündel in sein Office zurück. Mir ist nicht ganz wohl dabei, aber was soll ich machen?

Hier ist es angenehm kühl, der herbe Duft des Tabaks zieht von den anderen Gästen des Restaurants zu uns herüber. Die Fenster stehen offen. Ich höre kaum Lärm von der Straße, weil die Sonne um diese Uhrzeit die Menschen in ihre Hütten und Häuser treibt. Ich trinke etwas von dem Wasser und wecke Richard. Er blickt auf und starrt mit Augen an die Decke, als habe er geweint. Ich hebe seinen Kopf an und führe das Glas an seinen Mund. Er nimmt die Medizin wie ein Kind und schluckt.

»Bleib bitte hier!«, sagt er. »Gleich geht es mir besser.«

Ich glaube das nicht, er will mich beruhigen. Mir geht durch den Kopf, dass der Araber das Gewehr vielleicht entwenden will. Das wäre eine Kleinigkeit in unserer Situation. Wer sonst außer mir könnte bezeugen, dass Richard überhaupt mit einer Waffe in das Lokal gegangen ist? Es war leichtfertig, ihn einfach damit gehen zu lassen, ich mache mir Vorwürfe. Ich überlege, in das Kontor des Arabers zu gehen, halte es aber nach kurzem Nachdenken für falsch. Er könnte beleidigt sein. Er hat uns wie Gäste aufgenommen, Essen angeboten und nicht nach Geld gefragt. Trotzdem gehe ich noch einmal an den Vorhang. Der Mann steht wieder vor dem Fenster und blickt nach draußen auf den Landstreifen, wo nackte Kinder im Müll spielen. Das Bündel sehe ich nicht.

»Er will das Gewehr verkaufen«, sage ich leise. »Vielleicht können Sie es ihm abkaufen?«

Ich warte. Als er sich mir zuwendet, lächelt er; ich weiß nicht, was das zu bedeuten hat. Ich kenne nur wenige Araber, und die nur aus anderen Teilen des Landes. Oder aus Bujumbura und dem Kongo. Sie wirken auf mich immer hochnäsig, als wären sie uns Afrikanern und sogar den Europäern überlegen. Vielleicht fehlt es mir am richtigen Verständnis. Weil die Engländer sie als Steuereintreiber benutzen und sie als gerissene Händler gelten, misstrauen wir ihnen und reden schlecht über sie. Ob sie ehrlicher sind als unsereiner, weiß ich nicht; ich habe nicht viel Menschenkenntnis und irre mich oft.

»Welchen Preis stellt sich der weiße Mann vor?«, fragt er so ruhig und leise, als wolle er ein Kind nicht im Schlaf stören. Ohne nachzudenken spreche ich genau so leise.

»Drei Sack Rohkaffee. Bis morgen früh auf das Postschiff *Usukuma*. Gegen elf Uhr legt das Schiff ab.«

»Reist dieser Mann mit?«

»Mit seiner Familie.«

»Hat er Kinder?«

»Er hat vier Kinder, noch ziemlich klein. Zwei Jungen und zwei Mädchen.«

»Was will er mit dem Kaffee?«

Ich zucke mit den Schultern, darüber habe ich mir noch wenig Gedanken gemacht und nehme mir vor, danach zu fragen.

»Vielleicht ist in seinem Land Kaffee sehr wertvoll«, sage ich. »Oder es ist nur eine fixe Idee.«

»Er ist ein Deutscher«, murmelt der Araber. Er muss es sofort bemerkt haben. Diese Leute sind ungemein clever, anders als die Afrikaner, für die alle Weißen *mzungu* sind. »Ich kenne diese Deutschen noch aus meiner Kindheit … Jetzt weiß ich Bescheid.«

Da er schweigt und sich seinem Schreibtisch zuwendet, gehe ich zu Richards Lager zurück. Er ist wieder eingeschlafen, vielleicht machen das die Tabletten. Oder der Alkohol. Schnaps und Tabletten, das ist eine gefährliche Mischung, erinnere ich mich. Doch jetzt ist es zu spät, ich habe nicht daran gedacht und kriege ein schlechtes Gewissen.

Ich setze mich auf den Boden, der mit Teppichen belegt ist, und lehne meinen Kopf an einen gepolsterten Schemel. Das ist bequem, ich spüre selbst Müdigkeit und schließe für einen Moment die Augen. Ich denke noch, dass ich von Richard trotz der vielen gemeinsamen Jahre eigentlich wenig weiß, von seiner Familie in seinem Land. Nichts weiß ich davon, was passieren muss, um ein Mann zu werden, der nach Afrika geht und sich auf verdammt schwierige Dinge wie Löwenjagd und Missionieren einlässt. Und dass da immer noch ein paar Fragen in meinem Innern rumoren; wann, wenn nicht jetzt, soll ich sie ihm stellen? Bei diesen Überlegungen muss ich eingeschlafen sein.

Als ich hochschrecke, bemerke ich sofort, dass draußen die Dämmerung eingetreten ist. Irgendjemand hat Öllampen im Restaurant angezündet. Richard sitzt auf dem Diwan und lächelt mir zu. Es kommt mir vor wie ein Traumbild und ich reibe mir die Augen. Er ist guter Dinge, das beruhigt mich.

»Sollen wir fortgehen?«, frage ich. Er schüttelt den Kopf.

»Wohin sollten wir gehen? Es ist dunkel geworden, vielleicht können wir noch ein paar Stunden bleiben.«

»Und das Gewehr?«

»Zu spät heute«, sagt er leichthin. »Wir können es immer noch verkaufen.«

»Wollte Stoke es nicht nehmen?«, frage ich.

»Stoke wollte mir Geld geben, aber ich will drei Sack Kaffee.«

Ich schweige und frage nicht weiter. Es ist nicht immer einfach, diesen Mann zu verstehen. Weil er nichts mehr über Stoke sagt, die letzten arabischen Gäste inzwischen gegangen sind und wir viel Zeit haben, frage ich Richard:

»Was wirst du machen, wenn du in dein Land zurückkehrst?«

Er legt die Beine hoch, streckt sich aus, den Kopf mit einem Kissen abgestützt. Ich sitze noch immer auf dem Boden, jetzt zu seinen Füßen, um ihn besser zu sehen. »Du willst etwas mehr von mir wissen?« Richard schließt die Augen und spricht leise. Aber sein Gesicht ist nicht schläfrig. »Du und ich, wir hatten doch wohl zu wenig Zeit miteinander. Oder zu viel zu tun. Da bleiben noch eine Menge Fragen, zu deren Beantwortung wir keine Zeit hatten.« Richard sieht mich nachdenklich an. »Jetzt haben wir Zeit. Du kannst fragen, was du willst«, fügt er hinzu.

»Warum sind die Weißen hier, Engländer, Franzosen, Belgier? Und die vielen Abenteurer?«

»Sie sind begehrlich nach Reichtümern, Macht und Einfluss.«

»Ist das alles? Das haben sie doch auch in Europa. Oder Amerika.«

»Irgendwo muss es herkommen. Es ist einfacher, es anderen, die hilfloser sind als sie selbst, abzunehmen«, antwortet Richard mit geschlossenen Augen. »Deshalb haben sie ein so großes Stück der Welt unter sich aufgeteilt.«

»Und du? Warum bist du hierher gekommen, *Bwana* Richard? Auch wegen Macht und Reichtum?«

Er lächelt. »Das ist eine lange Geschichte …« Er überlegt und ich sehe in seinem Gesicht, dass ihn das Thema bewegt. »Erst wenn das Ende nahe ist, überblickt man sein Leben. Ich habe nicht mehr viel Zeit, Ndasenga. Du hast gehört, was Doktor Park gesagt hat.« Er sieht mich freundlich an und bewegt seine Lippen. In seinen Augen ist weder Angst noch Entsetzen zu entdecken. Ich bin drauf und dran, ihm zu sagen, vielleicht wäre das mit seinem Sterben gar nicht so sicher. Man will immer abwiegeln, wenn jemand von seinem Ende spricht. Aber er redet leise weiter, bevor ich mit meinem nutzlosen Gequatsche beginnen kann.

»Ich glaube, in jeder Familie wiederholen sich bestimmte Dinge, es ist so etwas wie ein Schicksal.« Richard kaut an seinen Lippen herum, als suche er nach Worten. »Ich war ein Bauernjunge wie du. Ich war wie du der einzige Sohn, und alle Hoffnungen ruhten auf mir, denn mein Vater war behindert und nur mühsam in der Lage, die Arbeiten auf dem Hof zu bewältigen. Ich habe ihn im Streit verlassen. Das erkenne ich heute als eine schwere Last, der ich nicht gewachsen war. Das Gewissen schlägt mir immer noch, wenn ich daran denke … Wenn du, Ndasenga, an einem Feld deines Vaters vorüber gehst und siehst dort deine Schwestern arbeiten, meldet sich auch dein Gewissen. Ich habe es dir immer angesehen.«

Er wartet nicht auf meine Antwort, wischt sich mit einer Hand über die Stirn.

»Ndasenga, ich habe euch Afrikaner immer bewundert, dass ihr eure Ahnen in Ehren haltet, egal was sie angestellt haben und was für Halunken unter ihnen waren. Unsere Verehrung haben sie verdient, die Alten! Sie haben ihre Leben tapfer hinter sich gebracht.«

Jetzt kommt die Mahnung vor dem Zauberkram, den unsere Heiler mit den Ahnen anstellen, denke ich. Aber Richard nimmt einen Schluck Wasser und ich sehe, dass seine Augen lächeln.

»Mein Vater kam für mich aus dem Niemandsland, aus dem Dunkel. Wo er herkam, wer seine Eltern waren und wo sie geblieben sind, erfuhr ich erst, als plötzlich sein eigener Vater auftauchte. Da hörte ich nach und nach verwirrende Geschichten von Familienstreitigkeiten, einem abgebrannten Hof, Mordversuchen, Glücksspielen, Alkohol und anderem Elend. Mein Vater war auf einem Heuboden geboren worden, seine Mutter starb in einem fremden Stall, als mein Vater und sein Bruder vier oder fünf Jahre alt waren. Mein Großvater lieferte die Kinder nach der Beerdigung seiner Frau bei der staatlichen Fürsorge ab, weil er keine Bleibe hatte. Man gab sie in verschiedene bäuerliche Pflegefamilien.«

Richard stockt. Vielleicht denkt er an seine eigenen Kinder, die er schutzlos zurücklassen wird?

Lautlos steht der Araber an unserem Lager und stellt zwei dampfende Gläser mit Tee auf das Tischchen, dazu Gebäck, Nüsse und frisches warmes Fladenbrot. Er geht sofort wieder in sein Büro, als wolle er nicht stören.

Richard trinkt von dem süßen Tee und ich grabsche nach dem Brot, weil ich Hunger habe. Draußen ist inzwischen schwarze Nacht. Die Grillen beginnen ihr Konzert, unser Raum wird nur von Petroleumlampen schwach erleuchtet.

»Was wurde aus den beiden Jungen?«, frage ich.

»Elternlose Kinder konnte man damals bei Bauern unterbringen; die waren glücklich über jede billige Arbeitskraft. Friedrich, der ältere der beiden, mein Onkel Friedrich, kam zu einem Bauern in das Dorf Lüsen, mein Vater Wilhelm nach Kussebode. Sie haben sich jahrelang nicht gesehen.

Als er etwas älter als zwanzig Jahre war, kamen Erntehelfer aus den umliegenden Dörfern nach Kussebode. Darunter war eine junge Frau aus Korvin, die fünfte von acht Töchtern eines Pferdehändlers. Sie war außergewöhnlich gewitzt und hatte, gemessen an den Leuten dieser Gegend, eine gute Bildung mitbekommen. Die jungen Bauern des Dorfes und die Erntehelfer strichen um sie herum. Mein Vater war der ärmste unter vielen armen Schluckern, eher klein gewachsen und dazu behindert. Aber sie hat sich für meinen Vater entschieden.« Richard kaut an einem Stück Brot. »Hast du Zigaretten, Ndasenga?«

Ich krame in meinen Hosentaschen und finde ein ziemlich verknülltes Päckchen. Ich ziehe eine für ihn heraus und richte sie gerade, so gut es geht. Dann gebe ich ihm Feuer von der Kerze und hoffe, dass er weitererzählt.

»Vielleicht hat sie erkannt, dass er ein gutes Herz und einige Begabungen hatte und kein Säufer war wie ihr eigener Vater ... Die beiden zogen in ein Dorf, wo sie in einem Stall lebten und für die Bauern arbeiteten. Als schon zwei Töchter geboren waren, stand ein heruntergekommener Hof mit wenig Land zum Verkauf. Meine Mutter überredete ihren Mann, ihn zu kaufen und er vertraute der Klugheit seiner Frau. Sie gingen gemeinsam zur Bank. Das Reden überließ er ihr – und sie bekamen tatsächlich einen Kredit von fünftausend Reichsmark, um die Anzahlung zu leisten.« Richard lacht. »Eine halbe Nacht lang hat meine Mutter mit ihm geübt, seine Unterschrift zu schreiben, damit er sich beim Notar nicht blamierte. Sie zogen sofort auf das ärmliche Anwesen. An den Vormittagen arbeiteten sie wie bisher für ihre wohlhabenderen Nachbarn, dann bestellten sie das eigene Land. Nach und nach erwarben sie Kühe, ein paar Hühner und Schweine. Es war ein ärmliches Leben, aber sie genossen das Glück, auf eigenem Grund zu sein. Dann wurde ich geboren und schließlich noch eine Tochter. Meine Schwester Frida, du kennst sie ja … Mit dem gesunden Sohn sollten bald neue Zeiten anbrechen.

Ich muss sechs oder sieben Jahre alt gewesen sein, als an einem regnerischen Nachmittag ein vierschrötiger Mann auf den Hof kam. Er ging vom Alter gebückt, hatte riesige Hände, ein von Wind und Wetter gegerbtes Gesicht und eine raue Stimme. Auf dem Kopf trug er eine alte Militärmütze, der Rest seiner Kleidung war ziemlich abgerissen. An seine Jacke war ein Kriegsorden geheftet. Ich stand mit meiner Mutter unter der Traufe vor der Tür, um den Regen abzuwarten. Wir dachten, da käme, wie so oft, ein Wanderarbeiter, um nach Verdienstmöglichkeiten zu fragen. Er stand vor uns und fragte mürrisch nach Wilhelm, meinem Vater. Der sei auf dem Feld, sagte meine Mutter, er könne alles mit ihr besprechen. Wilhelm sei ihr Mann. Ich hielt mich ängstlich hinter meiner Mutter, denn der finstere Kerl wirkte auf mich bedrohlich. Ich bin sein Vater, sagte er. Ohne ihm die Hand zu geben, führte meine Mutter ihn in die Küche. Ich merkte ihr an, dass sie sich Gedanken machte. Noch ein Esser, wird sie gedacht haben, einer, der zu alt ist zu arbeiten. Einer, der seine Kinder weggegeben hat. Einer, der seine Schwägerin halttot geschlagen hat, deshalb alles verlassen musste. Ein grober Kerl im Haus, vielleicht ein Säufer!

Als mein Vater vom Feld kam und die Küche betrat, wo meine Mutter und wir Kinder schweigend um den Tisch herum saßen, erkannte auch mein Vater ihn nicht. Aber der Alte war freundlich und fragte, ob er bleiben dürfe; er sei zu alt, um weiter herumzureisen. Wir machen dir eine Kammer fertig, sagte meine Mutter. Damit war die Sache erledigt.

Er lebte dann noch ein paar Jahre bei uns, arbeitete so gut er konnte mit und wurde mit der Zeit immer sanfter. Aber wenn er mir über den Kopf strich, war es so hart, als würde er mich bestrafen wollen.«

Richard drückt seine Zigarette aus und in sein Gesicht tritt ein harter Zug.

»Hunger, Armut und manchmal schlechte Ernten waren nicht das Schlimmste, wir kannten es nicht anders und es gab Bauern, denen ging es schlechter als uns. Immer zogen Menschen durch die Gegend, um zu betteln, Landarbeiter mit ihren Familien und Zigeuner.

Unser Gehöft lag nicht günstig. Das Haus stand tiefer als alle anderen. Vor der Tür draußen und auf dem Hof war nichts gepflastert. Wenn es stark regnete, floss alles Wasser vom Dorfplatz zu uns, manchmal bis in die Küche. Die Wiese hinter dem Haus war unbrauchbar, die Kühe sackten manchmal bis zum Bauch ein und oft mussten wir sie mit Stricken und mit Hilfe der Nachbarn herausholen. Keine fünfzig Meter weiter zum Wald hin war alles Moor und Sumpf. Erst viel später, als ich längst nicht mehr zu Hause war, hat mein Schwager den Hof gepflastert und sich um die Abwasser gekümmert. Er hat zweihundert Fuder Sand und Erde ins Moor gekippt, um Wiese zu gewinnen und sie für das Vieh nutzbar zu machen. Im Haus war es im Winter so kalt, dass wir, weil nichts unterkellert war, nach der Arbeit sofort in die Betten mussten. Mein Schwager hat die Böden aufgerissen und Fuder um Fuder Tannennadeln darunter geschichtet. Mit ihm wurde alles besser. Besser als ich es hätte machen können.«

»Warum bist du weggegangen, Richard? Du warst doch der Hoferbe und der einzige Sohn.«

»Es brauchte nur einen Anlass, das ist mir erst heute klar. Ich habe hilflos geweint, wenn die Küche unter Wasser stand, über die unbrauchbare Moorwiese, das immer karge Essen. Ich hasste es, in die kleine Schule zu gehen, wo ich nichts von dem lernte, was ich lernen wollte – und doch nicht wusste, was das denn sein könnte. Ich hatte Sehnsucht nach irgendwas und Stolz. Gut zu arbeiten, war nie gut genug für meinen Vater, denn er war ungeduldig. Seine Erwartungen waren immer größer als meine Möglichkeiten. An Reiterfesten teilnehmen, zum Tanz aufspielen – alles, was ich gern tat, war ihm ein Dorn im Auge. Dann gab es plötzlich einen Anlass, das alles zu verlassen.

Ich verdiente mir ein bisschen Geld mit dem Verkauf gewilderter Rehe und Wildschweine und dem Spielen meiner Ziehharmonika. Wenn ein Tanzfest war oder eine Hochzeit, lud man mich ein. Ich sang dazu fragwürdige Gassenhauer und legte alles Geld beiseite, denn mein Traum war ein eigenes Reitpferd. Es dauerte vier Jahre, bis ich genug zusammen hatte, Ein wohlhabender Nachbar, mit dem ich häufig wilderte, hatte mir dabei kräftig geholfen. Auf dem Pferdemarkt in Lüchow fand ich einen Braunen, der mein Herz erfreute und den ich kaufte. Als ich meinen stattlichen Wallach nach Hause brachte, gab es Krach. Für ein weiteres Pferd sei kein Futter da, wie ich es ernähren wolle, fragten meine Eltern. Sie standen vor mir wie meine Feinde, so habe ich das empfunden. Ich wurde störrisch, irgendwie würde es schon gehen. Sie aber blieben hart!

Ich hatte eine Tante im Nachbardorf, der ich von meinen Problemen erzählte. Sie schenkte mir einen großen Sack Hafer, beschwor mich aber, ihrem Mann nichts davon zu sagen. Das habe ich ihr versprochen. In der Dunkelheit holte ich den schweren Sack mit einem Handwagen ab, schob ihn in die Scheune und legte mich schlafen.

Im Morgengrauen des nächsten Tages wurde ich von meiner Mutter geweckt. An der Art, wie sie das tat, spürte ich, dass etwas passiert war. Ich zog mir Hose und Hemd an und ging in die Küche. Dort saßen zwei Polizisten.

Du bist doch der, den wir wegen Wilderei erwischt haben. Du hast einen Sack Hafer gestohlen, sagte der eine.

Ich hab keinen Hafer gestohlen, sagte ich.

Wir haben den Sack in der Scheune gefunden und beschlagnahmt. Wenn du sagen kannst, woher du ihn hast, ist ja alles in Ordnung.

Geschenkt bekommen.

Mehr war aus mir nicht herauszukriegen.

Du bist gesehen worden, wie du ihn in der Nacht in die Scheune gebracht hast.

Ich schwieg.

Sie legten mir Handschellen an und führten mich wie einen Verbrecher vom Hof. Von meiner Mutter kam kein Wort zu meiner Verteidigung, auch nicht von meinem Vater. Das ganze Dorf war zusammengelaufen, niemand richtete ein Wort an mich. Man sperrte mich ins Spritzenhaus vor dem Dorf, ohne Wasser und Brot. Niemand hat mich besucht oder nach mir gesehen.

Nach zwei Tagen erfuhr meine Tante, die Schwester meiner Mutter, dass man mich eingesperrt hatte. Sie ging sofort zur Polizei und klärte das Missverständnis auf.

In unserem Dorf galt ich zwei Tage und drei Nächte lang als Verbrecher. Es war für alle ausgemachte Sache: Richard, der Tanzbodenkönig und Wilderer, ist auch ein Dieb. Im Dorf genoss man die Sensation: Endlich passierte etwas in diesem langweiligen Kaff, wo man nur Arbeit, Saufen und Gerede kannte! Aber für mich war es der Anlass, das alles zu verlassen, ohne dass ich groß darüber nachdachte.

Als sich das Tor des Spritzenhauses öffnete, bin ich nach Hause gegangen, um meine Jacke und meinen Ausweis zu holen. Im Haus bin ich niemandem begegnet, sie waren wohl auf dem Feld. Ich bin langsam mit meinem Bündel aus dem Dorf gegangen.«

»Hattest du Geld?«

»Ich besaß keinen Pfennig.

Ich hatte alle Ersparnisse für das Pferd ausgegeben. Meine Empörung war so groß, dass mir das völlig gleichgültig war. Sogar das Pferd ließ ich zurück. Ich bin immer weitergegangen, bis es Nacht wurde. Ich bin unter den Sternen gewandert, mit Zorn und Trauer im Herzen. Und mit widerstreitenden Gefühlen, wenn ich an den Vater dachte, an den ärmlichen Hof. Arm kann ich auch alleine sein, dachte ich trotzig und ging weiter nach Westen. Geschlafen habe ich manchmal unter Brücken oder im Heu. Unterwegs habe ich bei Bauern in der Ernte geholfen, dafür gaben sie mir zu Essen und ein bisschen Geld; dann bin ich weitergezogen. Drei Wochen lang, viele Kilometer bis an den Rhein. Im Hafen von Duisburg fand ich Arbeit als Zimmermann, denn ich war sehr geschickt mit Werkzeug und Holz. Bis ich meinen ersten Lohn bekam, schlief ich unter einer Brücke und wusch mich im öligen Flusswasser; später hatte ich ein einfaches Zimmer. Ich habe viel gehungert damals – bis ich mich überwunden habe und meinen Eltern schrieb. Sie schickten mir bald ein Paket mit selbstgebackenem Brot, Schinken und Butter. Sie hatten wohl doch ein schlechtes Gewissen …«

»Jetzt bist du hier, Richard! Wie bist du nach Afrika gekommen und ein großer Lehrer und Jäger geworden?«

»Gott hat mich geschickt! Ich bin nicht gekommen um Löwen zu jagen, Ndasenga! Gott hat mich geschickt, um gegen die Finsternis zu predigen und zu kämpfen.«

»Gut! Das hast du ja getan!«, sagte ich unwillig, »aber es muss doch einen Anfang gehabt haben! Alles was passiert, hat auch einen Anfang. Gott schickt doch keinen Brief mit Dienstanweisungen.«

In dem Augenblick öffnet sich die Tür zur Straße und zwei britische Polizisten stehen da im trüben Licht, in kurzen Hosen und khakifarbenen Hemden. Sie tragen halbhohes Schuhwerk. Sie sehen sich um und kommen langsam auf unser Lager zu.

»Wir haben hier noch Licht gesehen«, sagt einer der beiden. »Das ist ungewöhnlich. Restaurants sind um diese Zeit längst geschlossen. Was machen Sie hier?« Er sieht sich um, vielleicht um den Wirt und Besitzer zu entdecken.

»Suchen Sie mich?«, fragt Richard.

»Wir gehen Streife wie jeden Abend. Sind Sie nicht der Missionar, der vorgestern angekommen ist und sein Gewehr verkaufen will?« Ihre Hände liegen locker an ihren Pistolentaschen. Ich stehe auf und trete ein wenig zurück, um sie nicht zu provozieren. Es gibt Weiße, die drehen durch, wenn ein Afrikaner in ihrer Gegenwart sitzen bleibt. Der eine wirft einen verwunderten Blick auf mich, vermutlich haben sie mitbekommen, dass der weiße Mann sich mit mir unterhielt.

»Sie wissen es doch«, sagt der Mann.

»Haben Sie Ihre Papiere dabei?«

Richard May greift in seine Jacke, vergeblich. Er klopft links und rechts.

»Ich habe sie in meiner Unterkunft.« Er blickt durchaus nicht schuldbewusst und lächelt sogar.

»Wo sind Sie unterbracht?«

»Bei der Familie von Prediger Letherstone, an der Küste. Weiter nördlich, Richtung Bagamoyo, zwischen Hospital und Fischmarkt.«

»Sie versuchen, Ihr Gewehr zu verkaufen. Das ist ohne Genehmigung nicht gestattet, das müssten Sie eigentlich wissen.«

»Jeder verkauft in diesem Land Waffen«, antwortet Richard leichthin. Die beiden widersprechen nicht, sie lenken ein.

»An Afrikaner dürfen Sie das Ding nicht verkaufen!«

»Ich habe es weder Afrikanern angeboten noch habe ich es verkauft. Unser freundlicher Wirt hat es in Verwahrung genommen. Er mag keine Waffen in seinem Restaurant.«

»Haben Sie die Flinte dem Araber angeboten?«

»Nein. Wäre das verboten?«

Die beiden blicken unschlüssig zum Vorhang, der sich, so scheint es mir, leicht bewegt hat. Aber der Wirt lässt sich nicht blicken. In was für ein Problem sind wir hier hinein geraten?

»Wer ist dieser Schwarze da?«

»Ndasenga Sebalili, aus dem Volk der Ha. Ein Freund.«

»Ihr Boy?«

»Ein Freund und Schüler … Nennen Sie es, wie Sie es verstehen«, antwortet Richard unwirsch.

Ich habe ihn selten so ruppig reden gehört. Immer war er zuvorkommend und ging auf die Menschen ein. Einer der Engländer bleibt bei uns stehen, eine Hand weiterhin locker auf der Waffe; der andere geht auf den Vorhang zu. Wir hören Stimmen, ich kann nichts verstehen. Richard trinkt an seinem kalten Tee. Nach einigen Minuten kommt der Polizist zurück. Er murmelt seinem Kollegen zu: »Das Gewehr ist da.«

»Komm, wir gehen«, sagt der jüngere der beiden.

»Moment noch. Bevor Sie abreisen, Mister May, erwartet man Sie morgen früh im Büro von Mister Cameron.«

»Morgen ist Sonntag. Was will er von mir?«

»Das wird er Ihnen schon sagen. Ich hörte nur zufällig, es ginge um einen unaufgeklärten Totschlag, dann liege da noch ein Versicherungsstreit mit den Belgiern auf seinem Tisch, es ginge um widerrechtlich verwüstete Bananenfelder, Schuldscheine bei einem indischen Händler und noch so einiges. Ohne dass das geklärt ist, wird man Sie nicht ausreisen lassen.«

»Ich war gestern in der Verwaltung. Warum hat man mir nichts gesagt?« Richards Stimme ist heftiger geworden, aber Angst ist ihm nicht anzumerken.

»Die Unterlagen aus Kigoma sind vermutlich erst später eingetroffen.«

Sie grüßen mit der Hand an der Mütze und gehen davon.

Richard schaut ihnen nach, mir ist, als würde er schmerzlich lächeln.

»Die beiden kommen wieder«, sagt er. »Am Sonntag ist die Verwaltung geschlossen. Dann werden sie mich wohl festnehmen, wenn ich an Bord gehe.« Er scheint nicht sehr besorgt, räkelt sich auf seiner Liege.

»Ndasenga, bitte doch unseren Herbergsvater, dass er uns Obst bringt, wenn er welches hat. Vielleicht getrocknete Früchte. Ich kann nur leichtes Essen vertragen. Er soll einfach bringen, was im Hause ist.«

Auf dem Weg zum Büro des Arabers sehe ich auf die Uhr, es ist drei Uhr früh, aber ich fühle mich nicht müde. Richard kann vermutlich wegen der vielen Tabletten nicht schlafen. Mir macht der Besuch der Polizisten Sorge.

»Der weiße Mann hat wohl Hunger«, sagt der Araber. Er sitzt an seinem Schreibtisch, vor ihm keine Papiere. Vermutlich ist er nur noch auf den Beinen, weil zwei seltsame Gäste sein Restaurant belagern, die er nicht wegschicken kann. Ich muss nichts sagen, er ahnt was ich will. Vielleicht hatte er auch gelauscht.

»In ein paar Minuten werde ich euch etwas bringen. Brot und getrocknete Früchte, das ist gut für seinen Magen. Der Mann hat einen schwachen Magen, das sehe ich an seinen Augen.« Er lächelt, als sei er stolz, es erraten zu haben. Ich verstehe wenig von diesen Menschen, die aus der Wüste gekommen sind, geht es mir durch den Kopf.

Soll ich Richard auffordern, weiterzusprechen? Sollten wir nicht besser beraten, wie er aus den Problemen mit der britischen Behörde herauskommt? Ich beschließe, es ihm zu überlassen, vielleicht das Essen abzuwarten. Ich sitze kaum zu seinen Füßen auf dem Boden, fährt er schon mit seiner Erzählung fort, als hätte es keine bedrohliche Unterbrechung gegeben.

»Um mir abends die Zeit in der Stadt zu vertreiben, konnte ich nicht ins Kino oder in eine Kneipe gehen. Mir fehlte das Geld dazu. Außerdem trieb mich eine ständige Unruhe. Ich dachte zuerst, es sei mein schlechtes Gewissen wegen der Flucht von unserem Hof. Aber dann merkte ich, dass ich auf der Suche war, nach meinem Leben, meiner Zukunft. War es Zufall, gute oder schlechte Fügung, dass ich ein Plakat an einem Haus in einer Seitenstraße entdeckte? Oder Gottes Weisung? Ich blieb stehen und las. Da wurden junge Männer zu einem Gespräch eingeladen; die Adresse war angegeben, es war genau das Haus, vor dem ich stand. Weil ich nichts Besseres vorhatte, ging ich hinein. Zuerst durch einen langen Flur, hinter einer Tür hörte ich Stimmen und öffnete sie. Vielleicht zwanzig Männer saßen da und hörten einem Redner zu.

Der Mann, der vorne stand, hatte dunkles Haar und eine dunkle Brille.

Setzen Sie sich zu uns!, forderte er mich freundlich auf. Ich suchte mir einen Stuhl und fühlte mich ziemlich unsicher, weil ich niemanden kannte. Der Mann sprach vom Sinn des Lebens, und dass Gott mit jedem Menschen etwas vorhat, das seine Bestimmung ausmacht. Und dass die Wege Gottes manchmal rätselhaft und uns Menschen fremd sind und wir nur die Zeichen richtig deuten sollten. In uns hinein horchen! Herausfinden, wer wir sind! Mir gefiel, was er sagte; es war genau das, was mich in meiner Lage bewegte.

Ein halbes Jahr lang ging ich immer wieder in diesen Kreis. Dann nahm mich der Mann, der häufig das Gespräch mit uns führte und Hermann Müller hieß, eines Abends zur Seite und lud mich ein, ihn in seinem Haus zu besuchen.

Zu meiner Überraschung goss er uns ein Glas Wein ein und bat seine Frau, etwas zum Essen zu bringen.

Du bist begabt, sagte er mir. Warum machst du keine Ausbildung?

Ich war unsicher, was ich antworten sollte.

Was für eine Ausbildung meinen Sie?

Auf der anderen Rheinseite gibt es eine Missionsgesellschaft, die Zöglinge ohne Studium aufnimmt und ausbildet. Vielleicht ist es dein Weg, Missionar zu werden. Die Ausbildung kostet nichts. Du wirst zwei Jahre lang versorgt, gut untergebracht, bist unter anständigen Leuten und kannst dich ganz auf das Lernen konzentrieren. Sie erwarten Fleiß und einen ordentlichen Lebenswandel – und dass du dich zu Christus bekennst. Dann hat vielleicht dein Leben einen Sinn, Bruder Richard.

Bruder – so nannten sich die frommen Christen untereinander. Bruder und Schwester. Soviel hatte ich schon mitbekommen.

Da entschloss ich mich in dieser Stunde, vor mir ein Glas Rotwein und Käseschnittchen, Christ zu werden und Missionar. Was Bruder Hermann mir anbot, gefiel mir; es war viel mehr als ich bis dahin vom Leben erhoffen konnte. Ich war dabei, einen Sinn in meinem Leben zu finden.«

»Warst du wirklich so überzeugt, dass du sofort eine Entscheidung treffen konntest?«, frage ich zweifelnd. Richard lächelt und es ist ein ernster Zug um seinen Mund.

»Es war die einzige Chance, die mir jemals das Leben angeboten hatte. Jemand streckte mir die Hand hin. Ich zögerte keinen Augenblick; alles war besser als die Heimatlosigkeit und in dieser Halbwelt am Hafen weiterzuleben. Wer war ich denn? Ich war so arm wie man nur sein kann, hatte kaum eine Schule besucht. Ich hatte mit meinen Eltern gebrochen und damit auf den Hof verzichtet – und genau solche gescheiterten fragwürdigen Existenzen suchte die Missionsgesellschaft für ihr Werk in aller Welt. Ich schrieb einen seitenlangen Bewerbungsbrief, vermutlich war er voller Fehler. Sie luden mich trotzdem ein. Nach einer kurzen Befragung hinsichtlich Herkunft, Elternhaus und Glauben nahm man mich auf, und ich beschloss, ein neues Leben zu beginnen. Alles war neu, was ich da hörte. Ich arbeitete zum ersten Mal in meinem Leben mit dem Kopf; ich studierte die englische Sprache und Kisuaheli, lernte die Bibel kennen und auslegen, und mir war ganz klar, dass Gott mich auf diesen Weg geschickt hatte.«

»So wie ich sofort zugegriffen habe, als wir uns kennenlernten?«

»Wenn du das so siehst … Nur hat mich der Zweifel, ob ich stark genug glaubte, ob ich nicht egoistisch die erste Chance ergriffen hatte, die mir jemand bot, nie verlassen. Ich wartete lange vergeblich auf eine Stimme von oben, ich musste mir jedes Wort selbst sagen, es mir einhämmern, um mich sicher zu fühlen.«

»Aber du hast gut gearbeitet, Richard. Viele aus unserem Dorf und in der Gegend wollten dich hören, hingen dir an den Lippen, wenn du gepredigt hast. Du hast Wunden geheilt, Frieden gestiftet, uns den Kaffeeanbau gelehrt, Straßen gebaut. So viele haben sich taufen lassen. Wo sonst sollte Gott dich hinführen, wenn nicht zu uns? Wir haben dich gebraucht.«

»Du bist ein freundlicher Mensch und liebst mich. Dann sag mir, warum ich krank geworden bin?«

Die Frage überrascht mich, ich kann nicht sofort antworten.

»Krankheiten suchen alle Menschen heim …«, sage ich hilflos.

»Vielleicht ist es die Strafe, dass ich unseren Hof und meinen Vater im Stich gelassen habe. Vielleicht die Strafe, dass ich nicht stark genug geglaubt habe.«

»Man wird nicht sofort krank, nur weil man zweifelt oder einen Fehler gemacht hat. Zweifel und Fehler gehören zu unserem Leben! Genau das hast du immer gesagt, wenn ich kleinmütig wurde.«

Er sieht mich mit trüben Augen an. Sein Gesicht ist wieder so angespannt, als würde der Schmerz erneut über ihn herfallen.

»Man wird krank, wenn man auf einem Irrweg ist, sich selbst verrät«, sagt er.

»Hast du das getan?«

»Ich weiß es nicht. Wenn ich es nur wüsste! Wenn wir handeln, legen wir uns ganz schnell gute Gründe zurecht und sprechen von Berufung oder den Wegen Gottes. Wir wollen vor uns und den anderen das Richtige tun. Aber diese Gründe sind manchmal fadenscheinig. Bin ich nur aus Zorn auf meine Eltern von zu Hause weggegangen? Oder wollte ich fort und habe nur einen Anlass gesucht? Bin ich Missionar geworden, weil ich fromm war? Oder wurde ich fromm, weil sich mir so eine Chance geboten hat?« Richards Stimme wird heftiger und er fasst meine Schulter, als wolle er mich aufrütteln. »Habe ich meine Kinder so brutal geschlagen, weil ich sie erziehen wollte? Kinder erzieht man nicht mit Schlägen, Ndasenga! Welchen Zorn, welchen Schmerz wollte ich da loswerden? Wird dieser schlagende Vater nicht immer zwischen ihnen und mir stehen? Ihr ganzes Leben lang? Und ihr Leben, ihre Erinnerungen an mich vergiften? Der Gedanke zerreißt mich …«

Jetzt sehe ich, dass seine Augen feucht sind. Er braucht Trost. Meine Worte kommen mir nur stammelnd von den Lippen und ich hoffe, sein Inneres zu erreichen.

»Es ist unsinnig zu fragen, ob nicht diese oder jene Entscheidung richtiger gewesen wäre. Wir können immer nur einen Weg einschlagen, nur einen einzigen. Wenn wir uns entschieden haben, hat das seine Richtigkeit. Du hast deine Frau und deine Kinder geliebt. Du wirst sie segnen, bevor du stirbst. Du hast uns geliebt, auch wenn du uns geprügelt hast. Du hast das ärmliche Leben mit uns geteilt und bist immer ein gerechter Mann gewesen. Was verlangst du mehr von dir?«, sage ich voller Überzeugung. Weil er schweigt, fahre ich fort. »Du hast deine Kinder nicht aus Hass oder Verachtung geschlagen, sondern weil du es nicht besser wusstest. In der Bibel steht, dass man Kinder züchtigen soll.«

»Findest du das richtig, Ndasenga?«

Ich zögere, zustimmen will ich nicht. Auch wenn afrikanische Eltern nicht gerade zimperlich mit ihren Kindern umgehen. Deshalb fahre ich fort mit meinem Versuch, ihn zu beruhigen. Ich weiß, dass Richard darauf zurückkommen wird, aber ich will Zeit gewinnen: »Du hast ihnen Lieder gesungen und Geschichten erzählt, wenn sie abends im Bett lagen. Ich habe es selbst gehört und gewünscht, dein Kind zu sein. Auch das wird sie in ihrem Leben weitertragen, ob sie sich erinnern oder nicht. Selbst dein augenblicklicher Zweifel wird sie ein Leben lang stärken. Du bist mit deiner kleinen Tochter auf dem Motorrad durch die Felder und Büsche gebraust, bis sie jauchzte, ich sehe noch ihr von Glück aufgelöstes Gesicht, ihre gerötete Haut – ihren Blick stolz auf ihren Vater gerichtet …«

Richard senkt seine Augen. Manchmal bewegt er sich, wie Menschen sich unruhig im Schlaf bewegen. Ich kann nicht erkennen, ob meine Worte wirklich bei ihm angekommen sind. Er lehnt sich zurück.

»Lass mich weitererzählen, die Nacht ist noch lang und wir können jetzt nicht mit dem Gewehr durch die Gegend laufen.

Bevor ich nach Afrika geschickt wurde, wollte ich meine Eltern besuchen, mich mit ihnen versöhnen. Ich hatte schon die Fahrkarte in der Tasche, da erinnerte mich der Missionsinspektor daran, ohne Ehefrau sei meine Ausreise nach Afrika nicht wünschenswert, ich solle mich doch vorher ehelich binden, an eine gläubige Frau. Wo finde ich eine gläubige Frau, habe ich gefragt, und er hat nur gelacht. Ein Kerl wie Sie weiß doch, wie man das anstellt, sagte er und entließ mich.

Da lebte einige Kilometer entfernt eine fromme Bauernfamilie mit vielen Söhnen und einer Tochter. Den Bauern und seinen Anhang hatte ich einmal auf einem unserer Missionsfeste gesehen. Man munkelte, seine einzige schöne Tochter würde er nicht hergeben.«

Wir nehmen den arabischen Gastgeber erst wahr, als er an unserem Lager steht. Er trägt eine verdeckte Schüssel und ein Tablett, auf dem getrocknete Früchte liegen, sorgsam ausgelegt, wie die Blätter einer Blume. Die Schüssel enthält gekochten Reis mit Safransoße und gebratenes Hühnerfleisch mit Ananasstücken.

»Das wird euch gut bekommen, meine Freunde.« Mit diesen Worten zieht der Mann sich sogleich zurück und verschwindet hinter dem Vorhang. Ich fülle etwas von dem Reis auf einen Teller und reiche ihn Richard. Er isst mit Appetit. Da ich bis auf ein paar Stücke Brot kaum etwas gegessen habe, lange ich ebenfalls zu. Der Missionar kaut zufrieden, sein Gesicht wirkt entspannt, sogar ein bisschen fröhlich. Genüsslich kauend spricht er weiter.

»Ich hatte dieses schöne Mädchen damals gesehen, aber nicht mit ihr gesprochen. Also beschloss ich es zu versuchen. Bei einem Bauern, meinem Freund Heinrich Geldermann, lieh ich mir an einem Sonntagmorgen ein Pferd, um einen Besuch zu machen und um ihre Hand anzuhalten. Mit einer Postkarte meldete ich mich an. Es war ein schöner Ritt von mehr als einer Stunde durch Felder und Wiesen, vorbei an Bächen und Weiden, und ich erinnere mich, dass weiße Wolken am Himmel standen und ich den Sattel zwei Mal festzurren musste, weil sich das Biest immer wieder aufblähte, wenn ich die Riemen strammer ziehen wollte.

Ich wurde von einem kleinen schüchternen Jungen in die gute Stube geleitet, wo Bauer und Bäuerin sich aufhielten. Auf dem Tisch lag eine aufgeschlagene Bibel. Ihre Tochter bekam ich zuerst nicht zu Gesicht. Sie forderten mich auf, mich an den Tisch zu setzen. Der Bauer, ein kleiner Herr, und seine größere, stämmige Frau blieben stehen. Sie ahnten wohl, weshalb ich gekommen war. Ich versuchte meine Aufregung zu verbergen. Bis ins Kleinste hatte ich mir überlegt, was ich sagen würde – und trug mein Anliegen vor, so gut ich konnte. Ich hatte, ehrlich gesagt, nicht damit gerechnet, dass mein Versuch erfolgreich sein würde. Sie betrachteten mich schweigend, ich saß da, ein wenig wie ein hilfloser Trottel. Dann setzten sich der Bauer und seine Frau zu mir an den Tisch. Sie forderten mich auf, mit ihnen zu beten und wir falteten die Hände. Der Bauer bat Gott zu helfen, die richtige

Entscheidung zu treffen in dieser schweren und weitreichenden Angelegenheit. Dann schlug er die Bibel an einer beliebigen Stelle auf, er las laut, was dort stand, wo er seinen Finger hingelegt hatte. Ich war so aufgeregt, dass ich gleich danach vergessen hatte, um welche Stelle es sich handelte. Aber sie passte offensichtlich genau zu meinem Antrag.

Dann nahm der Bauer meine rechte Hand. Bruder May, sagte er, Gott hat ein Zeichen gesetzt. Nun soll meine Tochter entscheiden. Sie ist noch im Kuhstall und muss sich noch ein bisschen fein machen. Warten Sie hier! Ich saß allein in dem vornehmen Wohnzimmer. Als sie hereinkam, war ich überwältigt von ihren klaren Augen und ihrem Liebreiz. Sie kam allein und schloss die Tür hinter sich. Ich liebte sie von dem Augenblick an.

Ich werde nach Afrika reisen, sagte ich. Wenn du mich heiratest, wirst du mir nachfolgen, nachdem du eine Ausbildung gemacht hast. Das ist so üblich. Die Ausbildung bezahlt die Missionsgesellschaft, vermutlich wirst du Krankenschwester erlernen, man wird dir Englisch und Kisuaheli beibringen. Gemeinsam werden wir eine Station gründen, die Kranken versorgen, vielleicht eigene Kinder haben und einen wunderbaren Garten anlegen. Das verspreche ich dir! Wenn die Sonne untergeht und die Kinder schlafen, werden wir die Straße mit den Eukalyptusbäumen entlang gehen und uns entspannen. Oder wir fahren an den Tanganjikasee, besuchen Freunde …

Ich sah, dass sie Gefallen an dieser Vorstellung fand, das spiegelte sich in ihrem Lächeln. Ich kam mir vor wie ein Rosstäuscher, der einer Frau windige Versprechungen macht. Kein Wort vom harten Leben in den Tropen, von möglichen Gefahren und Krankheiten, von der Armut, die wir aushalten müssten. Als ich eine Pause in meinen rosigen Phantastereien machte, erhob sie sich, kam um den Tisch herum, stand vor mir, sah mich ruhig an und sagte:

Ich will!

Mehr sagte sie nicht, aber sie streichelte ganz sanft meine Wange. Mir hüpfte das Herz in der Brust, ich konnte das Glück kaum fassen, mit dieser Frau bald das Leben zu teilen.

Dann gingen wir, um ihre Eltern zu benachrichtigen. Ihre Stiefmutter sagte nur mürrisch: Nun ist sie endlich aus dem Kuhstall weg, darauf hat sie schon lange gelauert. Jetzt kann ich sehen, wie ich damit fertig werde.«

Richard schweigt, steckt tief in seinen Erinnerungen. Darüber schläft er schließlich ein.

Ich mache es mir bequem und nehme mir vor, wach zu bleiben. Aber das gelingt mir nicht.

Zeit zu gehen

Mich weckt die Stimme des Hausherrn. Er steht da in seinem langen Gewand und völlig ausgeruht einen Meter von uns entfernt. Richards Kopf liegt seitlich an ein Kissen gepresst, er schläft noch. Der verlockende Duft von Tee macht mich wach.

»Wie spät es ist?«, frage ich leise.

»*Mashallah*! Es ist schon halb sechs!«

Er hebt beide Arme, als sei die Uhrzeit ein Unglück.

»Wir werden bald aufbrechen, sobald dieser Mann seinen Tee getrunken hat«, sage ich und wundere mich immer noch, dass er uns nicht längst vor die Tür gesetzt hat.

»Bleibt, solange ihr wollt.«

Richard bewegt sich und sieht uns schweigend an, weit entfernt wie aus einem tiefen Traum. Ich lege ihm seine Tabletten neben die Teetasse, weil ich Sorge habe, die Schmerzen könnten über Nacht zurückgekehrt sein.

»Sie können die Rechnung schon fertig machen. Und das Gewehr bringen«, sage ich, obwohl ich weiß, dass weder Richard noch ich Geld haben. Ein feines, vielleicht auch ironisches Lächeln ist die Antwort des Arabers und er geht zurück in sein Büro.

Der Tee ist stark und würzig. Ich recke meine Glieder, sie sind steif vom harten Lager.

»Was tun wir jetzt, *Bwana*?«, frage ich meinen Gefährten. Konnte ich ihn auffordern, den Rest seiner Geschichte zu erzählen? Ich zögere.

In mir rumoren plötzlich andere Fragen, die ich ihm nur noch heute stellen kann. Als sei es die leichteste Sache von der Welt, sagt er: »Wir brechen auf, verkaufen rasch das Gewehr und machen uns auf den Weg zu meiner Familie. Du kannst uns helfen, das Gepäck auf das Schiff zu bringen.«

»He, dieser Mann hier will Geld! Wir haben gegessen und die Nacht bei ihm verbracht. Und du sollst noch in die Verwaltung kommen! Was wirst du ihnen erzählen?«

»Ich rede mit ihnen«, antwortet Richard leichthin, als hätte er sich eine Lösung für alle Probleme in der Nacht überlegt. Mich beschäftigen einige ungeklärte Angelegenheiten, die ich, falls er aufbrechen will, jetzt zur Sprache bringen muss.

»Du willst drei Sack Kaffee für deine Flinte. Was soll deine Frau mit drei Säcken Kaffee? Damit kommt sie nicht weit. Wäre es nicht besser, das Gewehr gegen englisches Geld wegzugeben?«

Er geht auf meinen Einwand nicht ein, belehrt mich stattdessen: »Mit einem Sack Kaffee wird sie neue Möbel in der Heimat kaufen, mit dem zweiten Wäsche und Haushaltsgeräte, mit dem Ertrag vom dritten Sack kauft sie ein Klavier! Damit meine Kinder nicht ohne Musik aufwachsen. Mein Vater hat viel und gern gesungen.«

»Ist bei euch Kaffee so teuer, dass man für einen Sack Kaffeebohnen Möbel und all das für eine ganze Wohnung kaufen kann?«, frage ich. Ich habe erheblichen Zweifel an seiner Rechnung, denn von Bildern aus Büchern weiß ich, wie Wohnungen in Europa ausgestattet sind.

»Ich habe keine Ahnung, was der Kaffee bei uns zu Hause einbringt. Vermutlich aber mehr als hier. Manche unserer Rechnungen gehen sowieso nicht auf, Ndasenga. Denk mal an die wunderbare Speisung in der Bibel. Da hat unser Herr Jesus mit fünf Broten und zwei Fischen fünftausend Mann versorgt; die Frauen waren da noch gar nicht mitgezählt! Zum Schluss haben sie noch die Reste eingesammelt, damit sie nicht umkommen ... Warum sollte er das nicht auch meiner Familie gewähren können? Wir sind doch alle in Gottes Hand.«

Ich schweige dazu, lasse das Thema fallen, finde es aber merkwürdig, dass dieser sonst so sachliche Mann, der verdammt gut rechnen kann, so locker und leichtfertig mit der Zukunft seiner Familie und der biblischen Geschichte umgeht. Aber ich verzichte darauf, ihm Vorhaltungen zu machen. Er redet von Kaffeesäcken, die noch nicht einmal in Aussicht stehen, geschweige denn auf dem Schiff sind. Ich bin versucht, ihn zu fragen, ob er da nicht nur einem biblischen Gleichnis aufsitzt. Aber ich halte den Mund. Ich gestehe, dass mir seine Frau schon jetzt leid tut. Die Verwaltung mit ihrer Liste von Vorwürfen erwähne ich nicht mehr, er würde mir ein anderes Gleichnis von Sündenvergebung oder anderen Unsinn um die Ohren hauen.

»In Gottes Hand, sagst du!? Gilt das auch für alle, die Gott und Jesus nicht annehmen wollen? Auch für die alte freche Heidin Mama Ntitihera? Auch für jemanden, der mit dem Knüppel einen Mann erschlagen hat? Gilt das auch für frühere Generationen, die von deinem Gott nie gehört haben? Und die weißen Verbrecher, die in diesem Land die Macht haben? Sind die alle in Gottes Hand?«

In dem Augenblick öffnet sich die Tür zur Straße; ein stämmiger Weißer tritt in den Eingang und sieht sich um. Ich erkenne ihn nicht sofort, weil er im Licht der frühen Sonne steht, das durch die Tür fällt.

»Hier steckst du!«, ruft Kirschstein mit seiner tiefen Stimme, die ich unter tausenden erkennen würde. »Deine Familie ist in Sorge und hat mich gebeten, dich zu suchen; dir ginge es nicht gut. Unterwegs traf ich den Commissioner. Man erzählt, dass du dich hier mit deinem Schwarzen herumtreibst und etwas von einem Gewehr, das du verkaufen willst.« Kirschstein kommt in unsere Ecke und wirft sich auf einen Stuhl. »Was der hohe Herr so früh schon in voller Montur vor seinem Palast treibt, verwunderte mich. Wenn jemand hier ein Gewehr verkaufen will, spricht sich das herum. Wo ist das Ding?«

»Willst du es kaufen?«, fragt Richard, während sie sich die Hände schütteln.

Doktor Kirschstein war schon am Tanganjikasee immer wieder aufgetaucht, wenn er für seine große afrikanische Familie nichts mehr zu beißen hatte. Dann wurde ein Schwein geschlachtet, obwohl Kirschsteins Frau eine Muslimin ist. Sie machte kein Drama aus dem Schweinefleisch, es galt, die Mäuler ihrer Brut zu stopfen. Dann saßen alle sechs Kirschstein-Kinder draußen vor der Tür auf den Stufen, jedes einen Brocken Fleisch und Brot in der Hand. Ins Haus durften sie nicht, da war es für so viele Leute zu eng. Weil er die Kinder mochte, setzte sich Richard zu ihnen und erzählte ihnen Märchen. Manchmal vergaß die kleine Bande dabei das Essen, mit fettverschmierten geöffneten Mündern hingen sie an den Lippen des Mannes, verzaubert von ihm und seinen Geschichten.

Richard hatte mir einmal erzählt, Kirschstein sei auch in Berlin verheiratet und habe zwei Söhne dort, die Karl und Adolf hießen. Den beiden Söhnen von seiner afrikanischen Frau hatte er ebenfalls die Namen Karl und Adolf gegeben. Ich sagte Löwenherz, dass mich das verwunderte, und er erklärte, viele Weiße seien sentimental; es sei bei Kirschstein wohl das Heimweh oder ihm wären keine anderen Namen eingefallen.

Wenn ich mit verschiedenen Frauen Kinder hätte, würde ich ihnen nicht die gleichen Namen geben, das steht fest. Richards Frau Margarete amüsierte sich darüber, sie hatte einen deftigen Humor, diese Frau, und setzte sich auch sonst über manches hinweg, was er nicht durchgehen ließ. Würden wir noch Zeit haben, dass er mir auf meine Fragen antworten könnte?

Kirschstein hat Richard noch einiges mitzuteilen. »Mister Cameron hat mich offiziell beauftragt, dich zu suchen. Er will dich vor der Abreise sprechen. Das Gewehr sollst du mitbringen. Vielleicht will er es dir abkaufen, oder sicher sein, dass du es nicht einem Schwarzen oder einem arabischen Tagedieb verkaufst. – Ohne Gewehr braucht er sich hier gar nicht blicken lassen, hat er gesagt. Und da gäbe es noch andere Dinge zu klären. Weißt du davon, Richard?«

»Der Commissioner?« Richard setzt sich wieder auf sein Nachtlager.

»Der hohe Herr ist aufgebracht und nervös. Nicht nur wegen dir, Richard. Er hat Ärger in seiner großen Farm Tanganjika. Die Schwarzen wollen die gleichen Rechte wie Inder und Araber; die schwarzen Verwaltungsbeamten fordern das gleiche Gehalt wie die Weißen, und die Arbeiter hier im Hafen mehr Geld. Ihre Forderungen werden immer anmaßender.« Er schnaubt. »Der schwarze Kaffeefürst Madalito von da oben am Kilimanjaro hat einen Brief an den Commissioner geschrieben und gleichzeitig in einer Zeitung veröffentlicht: ›Wer hat mehr Rechte in der Familie: Eltern und ihre Kinder? oder Gäste, Eindringlinge und Diener? Sind nicht wir die Eltern Afrikas?‹ Der riskiert eine freche Schnauze! Die Engländer sind verärgert, weil in Frankreich und den Vereinigten Staaten darüber sofort lange Kommentare erschienen sind. Der Völkerbund wird ihnen aufs Dach steigen!«

»Dann soll er sich nicht um mich kümmern. Ich muss in zwei, drei Stunden auf dem Schiff sein. Cameron wird ja wohl keine Polizei an die Gangway stellen, um sicher zu sein, dass ich das Gewehr noch habe«, sagt Richard. »Ich werde gleich noch einmal die Hotels abgehen und sehen, ob ich das Ding verkaufen kann.«

»Man erzählt, du willst drei Sack Kaffee dafür?«

Richard nickt. »Drei Sack Kaffee.«

»Ich könnte dir das Geld geben. In der vorigen Woche habe

ich in meiner Mine bei Mbeya ein paar brauchbare Diamanten gefunden und gerade genug Bargeld. Du hast so viel für mich getan, Richard, für mich und meine schwarze Bande. Damit könnte ich einiges gut machen …«

Er greift zu seiner Brieftasche, aber Richard winkt ab.

»Drei Sack Kaffee!«

Kirschstein hebt resigniert seine Schultern. »Du bist und bleibst ein Bauerndickschädel! Wo soll ich in zwei Stunden an einem Sonntagmorgen Kaffee auftreiben? Die Genossenschaft ist dicht und die Läden haben geschlossen. Wo ist das Gewehr?«

»Ich habe keine Ahnung. Der arabische Herr, dem dieses Restaurant gehört, hat es an sich genommen und uns gut versorgt. Er hat sich seit einer Stunde nicht mehr blicken lassen.«

»Das beunruhigt dich nicht, Richard?«

Der Mann lacht. »Warum soll es mich beunruhigen? Wenn er mit meiner Flinte durchgebrannt ist, könnte ich nichts mehr unternehmen. Dann ist es schon besser für meine Nerven, dem Mann zu vertrauen.«

»Bei einem Araber wäre ich da vorsichtig, mein Freund. Was willst du jetzt tun?«

»Wir gehen in Richtung Hafen, am Weg liegen ein paar Hotels. Vielleicht finde ich einen Käufer.«

»Du willst, ohne das Gewehr in der Hand, jemanden suchen, der gerade zufällig drei Sack Kaffee bereitliegen hat und auch noch eine Flinte braucht, die er sich nicht einmal vorher ansehen kann?«

»Ndasenga, guck mal, ob du unseren Wirt irgendwo findest. Er hat die Rechnung noch nicht gebracht! Hör mal, Kirschstein, vielleicht kannst du das für uns bezahlen? Es wird nicht viel sein.«

»Natürlich. Mach ich gern. Guck mal nach, wo der Wirt steckt.«

Ich gehe in das Büro des Arabers, es ist leer. Ich öffne die Türen, die zur Küche und zum Hof führen, vergeblich. Ich sehe vom Hof aus zum Fenster des nächsten Stockwerkes; an den Fenstern ist nichts zu sehen und kein Vorhang bewegt sich. Ich kehre zurück in die Küche und finde eine Tür, die zur oberen Etage führen müsste. Ich klopfe kräftig. Als sich niemand rührt, öffne ich sie und steige eine steile Treppe hinauf. Durch ein Fenster fällt Licht, aber hier ist noch dumpfe Nachtruhe. Auf dem oberen Flur sehe ich drei Türen. Ich klopfte. Weil niemand sich meldet, rufe ich: »Effendi, Effendi!« Keine Antwort, kein Geräusch. Ich überlege, in eines der Zimmer zu sehen, aber etwas hindert mich daran.

Ich gehe die Stufen leise hinunter und suche den Schreibtisch ab. Vielleicht hat der Wirt eine Nachricht hinterlegt, finde aber nichts. Wir würden ohne Gewehr und ohne zu bezahlen das Lokal verlassen müssen. Der Araber hat ein gutes Geschäft gemacht, wenn das Gewehr wirklich so wertvoll ist, wie Richard es einschätzt, geht es mir durch den Kopf.

Ich stehe noch vor dem Schreibtisch und denke: Welchen Mann begleite ich da eigentlich, und fühle mich verzagt und unruhig, weil die praktischen Dinge kompliziert werden und ich Richards Geschichte noch immer nicht vollständig kenne, so als fehlten mir ein paar Teile für das gesamte Bild. Fehlt da noch etwas Entscheidendes, damit ich ihn besser verstehe? Warum nimmt er nicht Kirschsteins Geld? Warum hatte er das Geld von Stoke nicht genommen? Bei dem windigen Iren war es wohl sein Stolz, vielleicht auch Verachtung. Aber Kirschstein war kein Gauner und hatte ihm viel zu danken. Richard war der einzige Weiße, der ihn nicht wegen seiner schwarzen Familie scheel ansah. Was würde er zu dem Totschlag aussagen? Zu den Bierbananen? Der belgischen Versicherung?

Ich überlege, ob es nicht besser wäre, durch das hintere Fenster zu steigen und mich davon zu machen, weil ich in

Probleme hineingezogen werde, die mir über den Kopf wachsen.

Ist der Mann noch bei Sinnen? Machen das die Medikamente?

Derartige Fragen gehen mir durch den Kopf, als ich den Gästeraum wieder betrete. Er ist leer, ich höre Männerstimmen auf der Straße. Das Röhrchen mit den Tabletten steht noch auf dem Tischchen bei unserem Nachtlager und ich nehme es an mich.

Wenn wir jetzt aufbrechen, würde ich den Rest der Geschichte nicht mehr hören. Aber vielleicht erlebe ich gerade einen Teil davon, denke ich verdrossen.

Ich blicke auf die Uhr im Gästeraum. Wann fährt das Schiff? Ich höre Kirschsteins Stimme.

»Ich hole meinen Pickup, da passt die ganze Familie drauf. Er steht am Sewa-Haji-Hospital da unten. In einer halben Stunde bin ich zurück. Könnt ihr solange bei diesem Wüstenscheich bleiben?«

»Bring drei Sack Kaffee mit!«, sagt May mit einem Lächeln.

Kirschstein grunzt ärgerlich, macht eine wegwerfende Handbewegung und geht davon. Richard sieht mich im Eingang des Restaurants und kommt zurück in den Gastraum. Er geht zum Office des Arabers und blickt durch den Vorhang, um zu sehen, ob er zurückgekommen ist. Gleichmütig legt er sich wieder auf sein Lager.

»Dieser Kirschstein strengt mich an. Er steht unter Dampf wie eine Eisenbahn, die bergauf fährt. Hoffentlich habe ich ihn bald hinter mir. Er bringt uns zum Schiff.«

Er schließt die Augen, ich warte, wage nicht, ihm jetzt die Antworten abzuverlangen; es wäre besser, wenn er noch ein bisschen schlafen könnte.

Es gibt Geschichten, die eignen sich nur für einsame Nächte. Oder ich werde mir den Rest selbst erzählen müssen, denke ich resigniert.

Ich lege ihm zwei Tabletten neben seine halbleere Tasse Tee, vergewissere mich, dass er eingeschlafen ist, und gehe vor die Türe. Die beiden Straßen, die ich überblicken kann, sind noch menschenleer. Im Gestrüpp zwischen den getrennten Wohnbezirken streichen ein paar Halbwüchsige herum und durchwühlen den Abfall. Müll von der afrikanischen Seite gilt als ziemlich wertlos; deshalb arbeiten sie konzentriert auf dieser Seite. Sie schleifen Säcke hinter sich her. Was sie reden, kann ich nicht verstehen. Als sie mich bemerken, verziehen sie sich, bis sie außer Sichtweite sind. Entweder fürchten sie einen Konkurrenten oder jemanden, der ihnen Schwierigkeiten macht.

Ich setze mich auf den Bordstein neben der Tür in die Sonne und beobachte, wie nach dem Fortgang der schwarzen Streuner die Ratten wieder an die Arbeit gehen. Aus Erfahrung bevorzugen sie auch die Seite, wo mehr zu finden ist. Da der leichte Wind von Westen weht, verschont mich der Gestank des Abfalls. Ich lege meinen Kopf an die schon warme Hauswand und überlasse mich meinen Erinnerungen; sie sind durch unsere Gespräche in dieser Nacht wacher denn je.

Erinnerungen

Es gab noch fünf deutsche Missionarsfamilien in der Provinz Kigoma. Sie trafen sich alle halbe Jahre, um über ihre Finanzen und andere Probleme zu reden. Auch ihre Frauen waren dabei, die sich die Zeit mit Spaziergängen vertrieben oder sich um ihre Kinder kümmerten. Davon hatten sie eine Menge, mehr als die englischen Familien der Militärs und Verwaltungsbeamten, aber weniger als wir Afrikaner. Bei solchen Konferenzen blieb ich meist in Hörweite der Männerrunde, manchmal war es nützlich und interessant, etwas von ihren Problemen mitzubekommen. Denn meine Sprachkenntnisse reichten aus, ihren Gesprächen zu folgen, wenn auch nicht in allen Einzelheiten.

Die Lösungen ihrer Probleme lagen für mich oft auf der Hand, aber sie kannten sich hier bei uns nicht so gut aus und machten eine Menge Fehler. Es kam vor, dass ich bei der Heimfahrt oder in den Pausen Richard wie nebenbei ein paar brauchbare Tipps geben konnte. Ich glaube, ihm fiel gar nicht auf, dass ich davon ja eigentlich nichts wissen konnte.

Eines ihrer Themen war immer wieder, dass Männer sich nicht taufen lassen wollten, weil sie als getaufte Christen nur eine ihrer vielen Frauen behalten durften; natürlich mussten bei einer Taufe dann die ältesten verschwinden. Ich schlug Richard auf dem Heimweg von einer solchen Konferenz vor: »Lass die überzähligen Frauen, wenn sie wollen, doch bei ihren Männern bleiben. Als Haushilfe und für die Feldarbeit. Wo sollen die armen Weiber mit ihren Kindern denn hin!?«

»Das ist mal ein guter Vorschlag«, sagte er und drehte sich zu Mama Margarete um, die hinten im Wagen saß. »Was meinst du dazu, Gretchen?« Sie antwortete in ihrer Sprache, nicht alles bekam ich mit. Weil der Mann zustimmend mein Knie tätschelte, war ich sicher, dass sie das das ganz in Ordnung fand.

»Die anderen Missionare werden mich steinigen«, sagte Richard.

»Sie brauchen es ja nicht zu wissen«, sagte ich. »Von mir erfährt niemand etwas darüber.«

»Es wird sich herum sprechen, und dann kommen sie in Scharen, um sich bei mir taufen zu lassen.«

»Dann bist du ein erfolgreicher Missionar und man bezahlt dir vielleicht mehr Geld!«, antwortete ich und grinste.

Er sprach nicht weiter über die Angelegenheit, aber er tat genau, was ich vorgeschlagen hatte. Aber das ist eigentlich nicht, was ich erzählen wollte.

Ich kriegte mit, dass einer der Missionare einen jungen deutschen Missionsanwärter zurück nach Deutschland geschickt hatte. Empört und bedrückt offenbarte er auf einer der Konferenzen, dieser Jüngling habe ein Verhältnis mit seiner Frau gehabt und er habe die beiden erwischt. Seiner Frau habe er verziehen, mit ihr lange gebetet und die Sache sei aus der Welt.

Damit waren nicht alle Missionare einverstanden. Sie verlangten, die Frau nach Einzelheiten zu befragen, so einfach könne man einen solchen schwerwiegenden Fall nicht zu den Akten legen. Ich spürte geradezu, dass Richard anderer Meinung war, obwohl ich unter dem Fenster hockte und ihn nicht sehen konnte. Zuerst sagte er nichts. Der betrogene Missionar ging ins Nebenhaus und holte seine Frau. Ich sah sie über den schmalen Pfad kommen, er hielt ihr eine Hand im Rücken, so als müsste er sie schieben. Das Gesicht der Frau konnte ich nicht sehen. Die beiden verschwanden im Konferenzraum. Zuerst war Stille.

Dann hörte ich die Stimme des Missionars, der das Verhör gefordert hatte.

»Schwester Edelgard, nun erzähl uns mal, wie das so gewesen ist. Was habt ihr gemacht, ihr beiden sündigen Menschen?«

Da sprang Richard auf, ließ die Frau nicht zu Wort kommen und sagte in die Runde: »Schluss damit! Wer von euch ohne Sünde ist, der werfe den ersten Stein! Aber tut es hier, vor meinen Augen – und steinigt mich gleich mit! Was fällt euch ein, unsere Schwester zu demütigen! Egal was sie getan hat. Sie ist und bleibt unsere Schwester, wenn ihr Ehemann ihr verziehen hat. Wenn ich in der Sache noch ein Wort höre, sind wir geschiedene Leute!«

Stille. Da hörte ich die zittrige Frauenstimme.

»Danke, Bruder May!«

Die angespannte Stille hielt an, ab und zu räusperte sich einer der Männer. Der Qualm ihrer Zigarren strömte über meinen Kopf hinweg ins Freie. Schließlich fragte einer beklommen, ob noch etwas auf der Tagesordnung stünde, es würde ja bald dunkel und man solle dann vielleicht Schluss machen. Ich grinste vor mich hin, weil mir der Auftritt meines Chefs gefallen hatte. Und ich machte mir so meine Gedanken. Wann kriegt man schon einmal so hautnah mit, mit welchen Sünden sich diese Weißen herumschlagen.

Richard hatte sich auf die Seite der untreuen Frau gestellt. Ihn selbst kannte ich nur als treuen Ehemann, der sich nicht verführen ließ. Er hatte ja nicht einmal als Handelsvertreter von Mister Stoke, obwohl schon viele Wochen von Mama Margarete getrennt, in der Ferne fremde Frauen angefasst, nicht einmal Schwarze!

Wir waren in Bujumbura in einer Kneipe direkt am Tanjanjikasee. Sie war voll mit belgischen Händlern, Jägern und Offizieren; Mister Stoke hatte uns zu einer Besprechung dorthin bestellt. Hier durften keine schwarzen Männer rein, nur schwarze Frauen, nur junge schwarze Frauen. Richard hatte mich trotzdem mit hinein genommen, denn ich führte seine Bücher. Auf die Anpöbelei des Wirtes gab er nichts.

Ich sah mir das Treiben dieser Leute in ihren grünen und braunen Tropenanzügen an. Wenn einer der großen dicken Belgier mit einer schwarzen Schlampe in einem der hinteren Räume verschwand, wusste ich warum. Ich hatte da ja schon etwas von der Welt und dem Leben mitbekommen. Viele unserer Frauen hatten Kinder von Weißen, die Männer verschwanden irgendwann nach Europa und kümmerten sich um nichts mehr. Ob die Frauen freiwillig mit den Dicken schliefen, war mir nicht immer ganz klar. Manche taten es gegen Bezahlung; aus Armut, um ihre Familien zu ernähren, hatte mir Richard einmal gesagt. Er sagte mir auch, manche hofften auf einen weißen Ehemann mit Geld. Die meisten schwarzen Frauen aber, so sagte er mir, werden einfach genommen.

»Was heißt: genommen?«, fragte ich ihn.

»Diese Männer fragen nicht lang. Manchmal ist Gewalt im Spiel«, antwortete er mit einem bitteren Lachen.

»Das machen unsere Männer manchmal auch«, sagte ich. »In Nyanza lebt eine junge blinde Frau. Jetzt hat sie vier Kinder, weil sie immer wieder vergewaltigt wird. Was soll sie machen? Sie ist hilflos, wenn jemand einfach in ihre Hütte kommt.«

»Auch sehende Frauen sind hilflos gegen Gewalt«, sagte Löwenherz.

»Und Mister Kirschstein?«, fragte ich ihn.

»Er hat seiner Mutter gehorcht und Mama Masiti geheiratet«, sagte er kurz angebunden. Ich sah ihn fragend an. Aber er schüttelte den Kopf und wir gingen weiter.

»Was ist aus dieser untreuen Missionarin geworden?«, fragte ich ihn.

»Du hast gelauscht?«

»Ich habe davon erfahren«, antworte ich unbestimmt.

»Sie haben eine sehr gute Ehe geführt, die beiden. Er hat mir später geholfen, die Schädlinge auf den Kaffeefeldern zu bekämpfen. Er war mir immer dankbar.«

»Hat sie nicht Prügel verdient?«, fragte ich listig.

»Wieso Prügel?« Er blieb stehen und fuhr mich heftig an. »Mach mal eine Liste deiner Sünden, Ndasenga! Und rechne aus, wie viel Prügel du verdient hast. Mach mal die Rechnung, nur für ein Jahr! Du würdest dich wundern.« Dann wurde er wieder ganz der Missionar Richard May, aber auch der Kerl, den ich ebenso liebte. »Wenn wir Menschen anderen vergeben, hat Gott es längst getan. Er will reuige Sünder, aber ihre Demütigung wäre damals nur Futter für die geilen Gedanken geiler Männer gewesen, sie hätten ihre Freude an der Schwäche der Frau gehabt und Dinge gehört, von denen sie vielleicht träumen, für die sie aber viel zu schwach und feige sind.«

Ich hätte ihn in dem Moment gern gefragt, ob nicht manchmal die Versuchung an ihn heran getreten sei, wenn er lange auf Reisen war und sich schöne Schwarze angeboten hatten. Doch ich getraute mich nicht, ihn das zu fragen. Aber es passierte immer wieder mal, dass er meine Gedanken zu erraten schien.

»Wir sind schwache Menschen. In meiner Jugend lebte ich in einem Dorf, wo die Sünde zu Hause war. Ich war ein Teil dieser sündigen Welt, auch wenn mich meine Mutter immer unter Kontrolle hatte und ich an vielen Dingen nicht teilgenommen habe. Nicht einmal die Kinder waren da sicher, von Ziegen und Schafen will ich gar nicht erst reden! Als ich schon Missionar war, kam ich noch einmal in mein Heimatdorf – und habe meinen früheren Freunden gepredigt, ihnen ihre Sünden um die Ohren gehauen, dass ihnen sicher heute noch der Schreck in den Gesichtern geschrieben steht. Glaube mir!« Er lachte. »Ich kannte sie ja alle, die da vor mir auf dem

Dorfplatz standen. Ich hatte mich auf den Milchbock gestellt, konnte jedem einzelnen in die Augen sehen und ließ niemanden aus mit meiner Sündenpredigt. Es war ein so schöner Augustnachmittag. Sie waren gekommen, um mich mit einem Fest bei Heinrich Meyer auf dem Hof zu verabschieden. Da deckten schon die Frauen die Tische, brachten Kuchen, und meine kleinen Neffen und Nichten tobten unter der großen Kastanie herum. Es war ein friedliches Bild, und jeder hatte gehofft, er käme ungeschoren davon. Nur schade, den Frauen hätte ich gern auch den frommen Marsch geblasen!«

Er hat eine böse Freude daran, den Leuten ihre Sünden um die Ohren zu hauen, dachte ich. Das war fast das einzige Mal in all den Jahren, dass er eine Episode aus der Zeit erzählte, bevor er nach Afrika reiste. Ich habe sie gut in Erinnerung und denke daran, wenn ich Weiße sehe. Vielleicht bin ich deshalb nie in die Versuchung gekommen, sie für höhere Wesen zu halten.

»Was hast du denn in Tabora getrieben?«, fragte er plötzlich. Ich hatte ihm von den zwei Jahren im Seminar berichtet, über Lehrer und Mitschüler, meine schwierige Lage, weil ich kein Königs- oder Häuptlingssohn war und von den meisten Mitschülern gemieden oder sogar verachtet wurde. Nein, ich hatte keine solchen Abenteuer erlebt. Ich wollte nicht riskieren, zurückgeschickt zu werden, das war der einzige Grund, denn auch ich war mit allen Wassern gewaschen und die Versuchungen waren gewaltig.

»Nichts habe ich da getrieben«, antwortete ich. »Mich hat nur gewundert, warum sie direkt nebenan eine Mädchenschule eingerichtet haben. Da haben sich viele Schüler schadlos gehalten. Mädchen kriegen ja normalerweise keinen Schulunterricht. War die Schule also eine Art Bordell für die männlichen Schüler?«

Löwenherz lachte.

»So würden die Engländer das nicht bezeichnen. Dazu sind sie zu verklemmt. Oder zu fromm. Die Engländer hatten einen bestimmten Grund, ausgesuchte Mädchen auf diese Schule zu schicken. Sie haben beobachtet, dass die mühselig gebildeten Schwarzen nach der Ausbildung in Tabora in ihre Dörfer zurückgehen – und bald alles vergessen, was sie gelernt haben. Sie heiraten eine Frau aus dem Dorf, eine ungebildete, die nicht lesen oder schreiben kann. Die Sorge der Engländer ist, dass die Männer wieder auf das Niveau ihrer Landsleute zurückfallen. Dann wären ja alle Anstrengungen, sie zu bilden, umsonst gewesen.«

»Und warum die Frauenschule?«, bohrte ich weiter.

»Die Engländer verfolgen damit einen strategischen Plan. In diesem Internat können sich gebildeten Schwarze gebildete Frauen aussuchen und eine gebildete Familie gründen.«

»Sollte ich mir später eine aus Tabora holen?«, fragte ich halb im Scherz. Aber er antwortete ganz ernsthaft.

»In unserer eigenen Schule gibt es sehr kluge Mädchen. Einige sind so begabt, dass sie studieren könnten, wenn sie dazu eine Gelegenheit bekämen. Aber mehr als Grundschulen habe ich nicht zustande gebracht, mehr als ein paar Bücher, die du ja alle gelesen hast, konnte ich ihnen nicht geben. Wichtiger ist, dass sie die Freude an Bildung nicht verlieren – und vielleicht eines Tages eine Regierung haben, die ihnen bessere Chancen gibt: Museen, Konzertsäle, Seminare, Universitäten und Schulen für alle. Vielleicht erlebst du das ja noch.«

»Warum machen das die Engländer nicht jetzt schon?«, fragte ich, um ihn aus der Reserve zu locken.

»Sie wollen mit ihren Schulen nicht mehr als ein paar einheimische Verwaltungsleute heranbilden. Das ist billiger, als Engländer oder Inder ins Land zu holen. Andere Interessen haben sie nicht. Andere Interessen werden die Europäer niemals haben in diesem Kontinent. Also setze dich auf die Hinterbeine, Ndasenga! Nimm dir eine Frau aus deinem Volk. Schönere Frauen als bei euch in Uha habe ich weder in Afrika noch sonstwo gesehen.«

Es gab auch ein paar Skandale mit Missionaren, die sich auf schwarze Frauen eingelassen hatten. Aber das würde in meiner Geschichte zu weit führen, denn Richard hatte damit nichts zu tun.

Das Ende der Geschichte

Ich hätte gern mehr vom Wiedersehen mit seinen Eltern erfahren, von diesem Fest in seinem Dorf, als sie ihn verabschiedeten, wie er es nannte. Auch die Predigt für die bäuerlichen Sünder hätte ich gern gehört, mit allen Einzelheiten. Um mehr über die Weißen zu erfahren. Auf wen blickten sie dort wohl väterlich oder verächtlich herab, so wie sie es hier mit uns taten? Schossen sie zu Hause um sich wie hier? Dachten sie auch in Europa nur daran, Reichtümer an sich zu raffen?

Wenn es einen Mann wie Richard gab, gab es davon sicher mehr! Nicht alle waren Blutsauger. Wenn ich eines Tages Lehrer sein würde, könnte ich solche Nachrichten gut gebrauchen, damit meine Schüler lernen, die Welt und die Weißen besser zu verstehen. Mir ist vieles rätselhaft geblieben.

Wie mag es in seinem Dorf, auf seinem Hof inzwischen aussehen, wenn sein Schwager so viel verändert und verbessert hat? Wie hat er das angepackt? Ich wusste nur von der moorigen Wiese hinter dem Haus und den kalten Räumen im Winter. Dieser Schwager oder andere seiner Familie waren bei uns nie aufgetaucht. Als ich Richard danach fragte, sagte er: »Das können sie nicht bezahlen. Und wer sollte in der Zeit den Hof betreuen?«

Nur seine jüngste Schwester war vor zwei Jahren gekommen, um hier zu arbeiten. Diese Frau legte einen unglaublichen Eifer in den Dörfern an den Tag, als Krankenschwester, Hebamme und Lehrerin. Sie mauerte sich sogar eigenhändig ein Haus, als Richard ihr sagte, sie könne nicht länger bei ihm, seiner Frau und den Kindern wohnen; es sei zu eng. In Wirklichkeit nervte es ihn, dass seine Schwester jederzeit, ohne anzuklopfen, in ihr Schlafzimmer platzte. Ja, solche Sachen machte sie.

Sie konnte mauern wie ein Mann, Stein auf Stein, von morgens bis in die Nacht. Das war keine leichte Arbeit, denn es gab nur Feldsteine, die zurechtgeklopft werden mussten. Nach zwei Tagen war ich dabei, als Richard die schon rundherum fast mannshoch gezogenen Mauern betrachtete.

»Und wo ist die Tür?«, fragte er freundlich mit einem Lächeln. Seine Schwester wurde sogar unter der Staubschicht von Kalk und Zement rot vor Scham und lief einfach davon.

Am nächsten Morgen beobachtete ich heimlich, wie sie vor Sonnenaufgang mit einem schweren Hammer eine Öffnung für die Tür schlug und sofort daran ging, die groben Bruchstellen zu verputzen.

Als sie in ihr Haus zog, bemerkte ich Erleichterung im Gesicht von Mama Margarete. Plötzlich sang sie wieder bei der Arbeit und bewegte sich ganz locker, wie früher auch.

Mama Margarete behandelte mich von Anfang an freundlich, aber ich bin ihr nie so nahe gekommen wie ihrem Mann. Mit ihm arbeitete ich viel zusammen, ihr half ich höchstens mal bei der Wäsche oder klaubte den Kindern die Sandflöhe aus dem Hintern. Ich bewunderte sie, ich kannte keine andere, auch keine Schwarze, die so ordentlich einen Garten anlegen konnte, die Blumen liebte, die Kinder sauber hielt und ab und zu kräftig verprügelte. Sie kümmerte sich um die Frauen im Dorf, unter ihnen hatte sie richtige Freundinnen gewonnen. Sie kam mit unseren Leuten überhaupt gut zurecht.

Einmal hörte ich, dass sie ihrem Mann sagte: »Die Schwarzen riechen komisch!«

Ich roch dann später heimlich an Richards Jacke. Sie roch nach Schweiß und nach ihm. Dann roch ich an meiner Jacke.

Ich stellte keinen großen Unterschied fest, meine roch auch nach Schweiß und vielleicht nach mir. Vielleicht hatte die weiße Mama unsere Hirten gemeint, die sich mit Schafsfett einreiben, um die Mücken zu vertreiben und eine schöne glatte Haut zu bekommen. Ich mag den Geruch der Hirten, aber es ist vielleicht nicht jedermanns Sache.

Richard liebte seine Frau und mochte ihre Art, ihr Heim schön einzurichten.

Oft saßen beide abends auf der Bank vor ihrem Haus und sangen. Wenn ein Lied zu Ende war, strahlten sie sich an und hielten sich die Hände. Dann stimmte einer von beiden das nächste Lied an, ein fröhliches oder ein frommes.

Ich hörte zu, ohne dass sie es bemerkten. Ich wollte sie nicht stören und zog mich nach der Arbeit meistens zurück in meine *Shamba*. Manchmal unternahmen sie unter den Eukalyptusbäumen bei anbrechender Dunkelheit Spaziergänge, gingen Arm in Arm und redeten und lachten, auch wenn sie noch eine Stunde vorher ihre beiden Kinder vermöbelt hatten. Da kannten sie nichts!

Aber er war eifersüchtig, wie ich es noch bei keinem Mann erlebt hatte. Ich glaube nicht, dass es Gründe zur Eifersucht gab, mit wem hätte sie sich hier auch einlassen sollen? Wenn aber der Geologe Doktor Kirschstein auftauchte und ihr galant einen Handkuss gab und ihre Schönheit lobte, sah ich, dass ihr Ehemann kochte. Er mochte das nicht, vielleicht weil dieser Kirschstein ein Doktor war, ein gebildeter Mann von der Universität, und er nur ein Bauernsohn. Aber darüber kann ich nur spekulieren; ich weiß bis heute nicht, woher Eifersucht kommt. Ich selbst kannte so etwas damals noch nicht und habe es mir von Richard beschreiben lassen. Wirklich erklären konnte er es auch nicht. Manches an den Weißen ist mir trotz der gemeinsamen Jahre fremd geblieben. Vielleicht war Löwenherz auf alle Männer dieser Welt eifersüchtig, wer weiß.

Seine Frau amüsierte sich sogar über Sachen, die ihr Mann gar nicht lustig fand.

Da passierte in einem anderen Ort diese Geschichte einer Missionarin, die wieder einmal schwanger war. Im neunten Monat arbeitete sie noch im Garten, jätete Unkraut und pflanzte Erdnüsse, Tomaten und anderes Gemüse. Da platzte ihr die Fruchtblase. Sie hielt sich an einem Baum fest und rief ihren Mann, der an seinem Schreibtisch saß und vermutlich an einer frommen Predigt arbeitete. Inzwischen war ihr das Kind, ohne dass sie es richtig bemerkt hatte, schon durch die weiten Beine der selbstgenähten Unterhose herausgerutscht. Ihr Mann stürzte in den Garten, nahm sie in den Arm.

»Was ist los, Liebste?«, fragte er besorgt.

»Ich glaube, es ist schon gekommen«, jammerte sie.

Beide blickten nach unten, dann über den Garten hinweg. Sie sahen noch gerade eine Wildkatze, die sich das Neugeborene geschnappt hatte und in den Büschen verschwand. Der Mann ließ seine Frau los und raste hinterher wie ein Verrückter. Hinter jedem Busch suchte er, guckte auf jeden Baum. Er fand am nächsten Morgen nur ein paar Knöchelchen, die er beerdigen konnte.

Als Mama Margarete von einem Besuch bei dieser Familie zurückkehrte und die Geschichte erzählte, konnte sie sich gar nicht beruhigen. Er war zu fromm und streng, um darüber zu lachen und rief seine Frau zur Ordnung. Da stand sie mit zuckenden Schultern und gesenktem Kopf auf, ging in den Garten und lachte weiter. Sie setzte sich auf die Bank, hielt sich eine Hand vor den Mund und lachte, dass ihr die Tränen über das Gesicht liefen.

Ich habe es genau gesehen, mir entging so schnell nichts.

Die Sonne wird stärker und ich überlege, ob ich Löwenherz wecken soll. Das macht wenig Sinn, wenn das Auto noch nicht da ist. Warum gehen mir solche Erinnerungen durch den Kopf? Vielleicht liegt es am baldigen Abschied von ihm, dass sie mich geradezu überfluten.

Er war ein gerissener Kerl, das muss ich schon sagen. Er kannte besser als ich alle Winkelzüge der Zauberer, Könige und Dorfvorsteher und ging strategisch vor wie ein General. Auf jedes Argument hatte er eine passende Antwort, niemand nahm ihm *die Wurst vom Brot*, wie er sich ausdrückte.

Als die ständigen Saufereien in unserem Dorf überhandnahmen, ging er mit der Machete aufs Feld und mähte eine komplette Pflanzung von Bierbananen nieder, ich half ihm dabei, auch wenn ich Sorge hatte, die Eigentümer könnten sehr böse werden und mit Messern und Speeren auf uns losgehen.

»Sollen sie mich doch bei der Regierung anzeigen!«, giftete er und wischte den grünen Matsch von seiner Machete.

Richard schob alles, was ihm gelang, Gott in die Schuhe. Sogar, dass ihm das Schreinern eines Himmelbettes glückte. Von einem so prächtigen Bett gibt es sicher kein zweites in Afrika. Und als sich herausstellte, dass sein Schaukelstuhl so gut funktionierte, zitierte er 1. Samuel 14,6. Alles sei eine Sache des Herrn. Darüber lachte sogar seine fromme Frau.

Damals war es so, dass die Engländer den Missionaren für ein Gebiet den Zuschlag erteilten, wenn sie versprachen, so schnell wie möglich Schulen zu errichten. Von Manyofu im Norden an der Grenze zu Burundi bis Ujiji rückten die Katholiken mit ihrem vielen Geld an, und manchmal schien es mir, sie würden Richard und seine Mission irgendwann zerquetschen. Vom See her drohten die Muslime mit ihrer besonderen Strategie der Missionierung. Sie suchten sich einen begabten Jungen aus jedem Dorf, statteten ihn mit Kleidern aus, unterrichteten und bekehrten ihn zum Islam. Diese Jungen mussten dann in ihre Dörfer zurück mit dem Auftrag, das ganze Dorf zu bekehren. In Richards Gesicht sah ich Zorn und Trauer, wenn sein Gebiet wieder ein Stück an den Islam verloren hatte. Wegen der Katholiken urteilte er nicht ganz so hart.

Er schrieb Brandbriefe an seine Mission, bat dringend um Geld für den Bau von Schulen. Sie antworteten: »Wir haben kein Geld, legen Sie alles in Gottes Hand!«

Da hat er geschnaubt vor Wut. Genau so wütend war er, als seine Gesellschaft kein Geld für seinen Plan einer Missionsplantage herausrücken wollte. Dort sollten für alle fünf Missionarsfamilien hier in der Gegend Kartoffeln, Hirse und Gemüse angebaut werden; gleichzeitig wollte Richard junge afrikanische Bauern unterweisen, wie man bessere Erträge erzielt. Das Projekt verfolgte er leidenschaftlich, aber es fehlte das Geld. Mit seiner Begeisterung stand er, der eine Menge von Landwirtschaft verstand, allein.

Wenn ich ihn vorsichtig fragte, wie es denn ohne Geld weitergehen solle, sprach er gelassen von den Wegen des Herrn – und zerrieb sich noch mehr zwischen Krankenbehandlung, Gesprächen in den Hütten, aus denen er mit Läusen und Krätze zurückkam, Schulunterricht in den Dörfern und Konferenzen mit seinen schwarzen Gehilfen, die er zu Lehrern und Diakonen ausgebildet hatte.

Kein Wunder, dass von ihm nur noch ein Schatten übrig geblieben ist, der jetzt, von mir nur durch eine Wand getrennt, in seinem vielleicht letzten Schlaf in Afrika versunken ist. Wenn sie ihn wegen der Vorwürfe und Schulden nicht ausreisen lassen und ihn vielleicht einsperren, wird er im Gefängnis sterben.

Im dem Augenblick sehe ich einen schlammbespritzten Wagen in die Straße einbiegen, am Steuer sitzt Doktor Kirschstein. Jetzt öffnet sich auch die Tür des Restaurants, Richard May tritt auf die Straße. Er ist sehr blass und sieht angegriffen aus.

»Hast du deine Tabletten genommen?«, frage ich. Er nickt. Ich spüre ein starkes Bedürfnis, ihm Tröstliches zu sagen.

»Komm«, sagt er und führt mich am Arm ein paar Schritte zur Seite. »Ein paar Minuten kann Kirschstein warten. Du hast von mir Antworten auf deine Fragen verlangt.«

Wir bleiben stehen, Richard legt den rechten Arm auf einen Fenstersims, den anderen freundschaftlich auf meine Schulter. Die Sonne hat die Luft noch nicht aufgeheizt. Kirschstein lehnt an seinem Auto und pafft eine Zigarre.

»Wir haben jetzt wenig Zeit, das ist aber nicht der Grund, warum ich dir nicht auf alles antworten kann … Du wirst deine eigenen Antworten finden, Ndasenga … Wir haben nur eine erbärmlich kleine Ahnung von der Größe und dem Wesen Gottes … Und was er mit uns vorhat … Ich bin sicher, dass er auf seine Weise alle Menschen zu sich nehmen wird. Wir sind seine Geschöpfe … auch jene, die nie von unserem Retter Jesus gehört haben, ganz gleich, zu welchen Religionen sie sich bekennen oder wann sie gelebt haben. Auch eine Mama Ntitihera, auch die Sünder und Mörder und ihre Opfer …«

Er zögert, blickt auf seine Schuhe, bevor er ruhig, aber eindringlich weiterspricht.

»Was ist damals passiert, Ndasenga? Erzähl mir alles, wir haben Zeit.«

Das kommt für mich völlig unvermittelt. Natürlich weiß ich, was er meint.

»Kirschstein wartet! Ihr müsst noch zur Harding Street!« Ich versuche, mich herauszuwinden.

»Erzähl!«

»Warum willst du mehr davon wissen?«

»Damit du befreit bist von der Geschichte und sie dich nie mehr ängstigt«, sagt er, »und damit ich dich segnen kann!«

Ich hatte zwar nie ein schlechtes Gewissen, aber bald wäre er nicht mehr hier, vielleicht schuldete ich ihm die Geschichte. Oder ich schuldete mir selbst sie zu gestehen, damit sie mich nicht eines Tages heimsuchte. Was ich ihm sagte, ging mir seltsam leicht über die Lippen.

»Du bist damals nach Shunga aufgebrochen. Ich hatte dir erzählt, ich würde mit den Feldern meines Vaters beschäftigt sein. Das stimmte nicht ganz. Seit dem letzten Tanzfest hatte ich eine Freundin. Sie war die Tochter eines muslimischen Bauern, der jenseits unserer Hügel in den Bergen, näher am See, seinen Hof hatte.«

»Papa Museveni«, unterbrach er mich, ich nickte.

»Du hattest mich ermahnt, nicht mit ihr zu schlafen, bevor wir ordentlich in der Kirche getraut sein würden. Sie hieß Zarina. Das Problem mit der unterschiedlichen Religion würden wir eines Tages irgendwie regeln müssen. Sie meinte, ihre Eltern würden darauf bestehen, dass ich Muslim würde. Ich konnte mir das zwar nicht vorstellen, behielt es aber für mich, um die verliebte Stimmung nicht zu verderben. Dies dumme Ding fing an dem Abend immer wieder davon an, bis ich es satt hatte und ging. Ich war sowieso unruhig, weil ich noch keinen Handschlag auf dem Hirsefeld meines Vaters getan hatte.

Auf dem Heimweg beschloss ich, noch einen Blick auf das Missionshaus zu werfen, um nach dem Rechten sehen. Alles war ruhig und dunkel. Weil sich nichts rührte, die Fensterläden ordentlich verschlossen waren, wollte ich schon weitergehen. Da splitterte hinter dem Haus Glas, nur ganz kurz. Dann war wieder Stille.

Ich war alarmiert, lauschte, sah mich um, von dort, wo ich stand. Drei Schritte von mir entfernt lag Holz von den Rodungsarbeiten vor einem Jahr. Ich suchte mir für alle Fälle einen Knüppel und näherte mich lautlos dem Haus, blieb aber im tiefen Dunkel, um nicht gesehen zu werden. Vielleicht war ja nur eine Schüssel in der Küche zu Bruch gegangen.

Ich entdeckte den Mann, als er dabei war einzusteigen durch das seitliche Fenster hinter dem Haus am Garten, da wo der Hühnerstall ist. Die Holzblende hatte er aufgebrochen, sie hing schräg in einer Angel. Ein Riesenkerl war das.

Mit dem würde ich keinen Kampf von Mann zu Mann riskieren dürfen. Er hatte etwas in der Hand, was ich nicht erkennen konnte. Ein Eisen oder so etwas. Ich näherte mich ihm lautlos von hinten. Ich hatte nur eine Chance: Ich musste ihn mit einem Schlag erledigen.

Das habe ich getan und traf ihn gut. Ich war sicher, dass sein letztes Stündlein geschlagen hatte. Er röchelte noch, aber sein Kopf war ganz eingedrückt, er hatte genug mitbekommen, um die Mama nicht mehr gefährden zu können. Im Haus rührte sich nichts. Ich machte mich davon in meine *Shamba*. Den Knüppel voller Blut und Haare habe ich auf meiner Feuerstelle verbrannt. Ich legte mich auf mein Lager, konnte aber nicht schlafen.

Noch in der Nacht rückte ein kleiner Trupp britisches Militär an. Ich habe sie durch einen Türspalt beobachtet, mich aber nicht gerührt. Dass die Engländer gekommen waren, beruhigte mich. Aber an Schlaf war nicht zu denken.

Am nächsten Morgen arbeitete ich schon auf dem Feld meines Vaters, da stellte mir der englische Offizier ein paar Fragen. Ich sei doch der Vertraute des Missionars, wann ich zuletzt am Missionshaus gewesen, ob mir irgendetwas Verdächtiges aufgefallen sei. Ich habe mich einfach dumm gestellt.

Ich wusste, wann du ungefähr zurück sein würdest und bin dir entgegen gegangen. Du solltest von mir erfahren, was passiert war. Du hast dich damals wie ein Verrückter aufgeführt. Deshalb habe ich beschlossen, meinen Anteil an der Geschichte erst einmal für mich zu behalten, weil du dich noch mehr aufregen würdest. Außerdem hatte ich keine Lust, verhaftet zu werden.«

Richard sieht mich lange an; ich höre, wie Kirschstein ungeduldig auf das Dach seines Wagens klopft.

»Ich habe es gewusst«, sagt er nachdenklich. »Hätte dieses Mädchen nicht immer wieder vom Islam angefangen, wärst du zu spät gekommen! ... So wunderbar sind Gottes Wege!«

»Wenn die Engländer dich noch verhören …?«

»Mach dir keine Sorgen, das werden sie nicht. Los! Holen wir meine Familie. Gretchen hat sicher schon gepackt.«

Ich will ihn festhalten, ihm noch Fragen stellen zu dieser Geschichte. Jetzt, wo ich ihm alles gestanden habe, soll er mich damit nicht einfach stehen lassen! Und er soll mir sagen, warum er nach Afrika gekommen ist, um zu missionieren, wenn doch alle gerettet werden. Warum er all diesen Ärger, die Gefahren und Unsicherheiten auf sich genommen hat.

Vom Hafen her tönt dumpf und langanhaltend eine Schiffssirene, als wolle sie die Stadt an den Tagesanbruch erinnern. Ich halte ihn, schon auf dem Weg zum Wagen, an seiner Jacke fest.

»Hast du das mit der Rettung aller Menschen auch den Leuten erzählt? In deinen Predigten?«, frage ich, zerre ungeduldig an seiner Jacke.

»Ich weiß nicht mehr, was ich ihnen in den zwölf Jahren erzählt habe. Wichtiger war doch, dass ich bei ihnen gewesen bin. Und sie bei mir.«

Was soll ich damit anfangen?

Er klopft auf seine Jackentasche, die immer noch beschwert ist von Patronen. Ich will ihn noch fragen, ob sein Gespräch mit Mama Ntitihera etwas bei ihm verändert hat, aber resigniert unterlasse ich es, weil jede Frage weitere nach sich ziehen würde.

Er steigt ins Auto und gibt mir ein Zeichen, neben ihm Platz zu nehmen.

»Ich komme nach«, sage ich und schlage die Tür zu. »Ich hole meine Sachen und komme zum Schiff.«

Ein kleiner Schwindel, es gibt keine Sachen, die ich irgendwo abholen könnte.

Er antwortet nicht, sieht mich nur an, ein liebevoller Blick, und nickt.

Ich weiß nicht, was ihn in diesem Augenblick bewegt. Kirschstein gibt Gas, und ich sehe den Wagen in die Ocean Road einbiegen, die am Bahnhof vorbei zum nördlichen Teil der Stadt führt.

Ich hatte mich entschlossen, nicht mit ihnen zum Hafen zu fahren. Ich musste an seine Frau denken, Mama Margarete, die schon seit Wochen aussah wie ein Gespenst, so schlecht ging es ihr. Hoffentlich überstand einer von beiden lebend die Reise, sonst wären vier Kinder allein auf der Welt. Die Vorstellung machte mich fertig; das war der Grund, warum ich es für einfacher hielt, mich ein bisschen versteckt zu halten, wenn sie kamen. Ich dachte auch daran, dass die Polizei hinter ihm her war. Er hatte nicht mehr davon gesprochen, es vermutlich vergessen. Meinetwegen machte ich mir keine Sorgen. Aber was sollte werden, wenn man ihn nicht ausreisen ließ?

Langsam ging ich auf Umwegen zum Hafen. Kirschstein würde sicher eine Stunde brauchen, bevor er mit Familie und Gepäck eintraf. Ich setzte mich hinter einen Schuppen auf einen Stapel alter Schiffstaue in den Schatten, der Gangway gegenüber. Ich würde warten, bis Frau und Kinder auf dem Schiff waren, und mich dann von Richard verabschieden.

Ich kämpfte gegen meine Verwirrung, nahm mir aber vor, es ganz gelassen anzugehen.

Plötzlich wurde mir bewusst, dass der Abschied für mich ein gewaltiger Einschnitt sein würde. Was mich da plötzlich heimsuchte, war das Angst? Oder Erleichterung? Sicher ein Verlust, aber zugleich eine Befreiung! Befreiung wovon? Die Antwort darauf würde sich irgendwann einstellen, wenn es eine eindeutige Antwort gab. Jetzt war nicht der Moment, darüber in Ruhe nachzudenken. Während ich mit widerstreitenden Gefühlen kämpfte, mich niedergeschlagen fühlte, beobachtete ich, wie die Passagiere an Bord gingen. Ein deutscher Offizier in weißer Uniform stand an der Gangway, er kontrollierte ihre Papiere und winkte sie durch. Ich sah auch, wie zwei britische Beamte mit ihm sprachen, ihm ein Papier zeigten und sich davon machten. Hatte das mit Richard zu tun? Hatte man ihn vielleicht schon festgenommen?

Die Abreise

Die beiden Ältesten turnen auf der Ladefläche herum, zwischen einem großen blau-weißen Strohkoffer, Bündeln von Wäsche und weiteren Koffern. Die Frau steigt aus, sie ist blass und eine Haarsträhne hängt ihr ins Gesicht. Richard hält den Säugling auf dem Arm, er geht wieder mit schleppendem Schritt. Seine Frau hält die hellblonde zappelnde Zweijährige an der Hand und ruft den beiden herumtobenden Größeren zu, ihr zu folgen. Sie betreten die Gangway, begleitet von einem Schiffsoffizier, und verschwinden im Innern des Dampfers. Kirschstein und May stehen vor dem Kontrollbeamten in weißer Uniform, der die Reisepapiere in den Händen hält und sie durchsieht. Ich verlasse mein Versteck und stelle mich zu ihnen. Richard drückt mir den Säugling auf den Arm.

»Reist der als Andenken mit?«, fragt lächelnd der Beamte und zeigt auf mich.

»Mister Ndasenga will sich verabschieden«, sagt Richard. »Ist alles in Ordnung mit den Papieren?«

»Da haben ein paar schwarze Burschen schon um sieben Uhr früh drei Sack Kaffee für Sie gebracht.«

»Das geht in Ordnung. Was kostet der Transport der Säcke bis Genua?«

»Nichts extra. Sie haben ja weder Möbel noch ausgestopfte Elefanten dabei, wie sonst die Heimreisenden. Die drei Säcke sind im Preis inbegriffen. Kein Problem!« Er zögert einen Moment. »Die Briten wollen Sie noch sprechen. Da waren vor einer Viertelstunde zwei Beamte hier und fragten nach Ihnen. Vielleicht kommen sie noch aufs Schiff.«

»Aber Sie lassen mich an Bord?«

»Ich habe keine Order bekommen, Sie festzuhalten.« Er tippt an seine Mütze zum Zeichen, dass alles geregelt sei und macht eine Handbewegung zur Gangway. Richard dreht sich zu mir um, nimmt mir das Kind ab. Ich denke, er will mich segnen und umarmen. In dem Augenblick fährt von der rechten Seite ein Lastwagen vor, von links nähert sich eine Gruppe von Passagieren, begleitet von Schwarzen, die ihre Koffer und Ballen schleppen. Ich trete ein paar Schritte zurück, um nicht angerempelt zu werden und sehe gleichzeitig, dass Richard auf die Gangway abgedrängt wird.

Vielleicht besser so. Er winkt mir von oben, den Säugling auf dem Arm. Ich stehe wie erstarrt. Wir sehen uns an, eine unendliche Minute, dann verschwindet er im Dunkel des Schiffsbauches.

Langsam gehe ich zu dem Schuppen zurück, wo ich auf ihre Ankunft gewartet hatte. Hier will ich bleiben, bis die Gangway eingezogen wird, sicher sein, ob nicht doch noch britisches Militär auftaucht. Nicht dass ich ihm bei solchen Problemen helfen könnte, aber ich will es wissen, weil ich vielleicht nützlich sein kann, irgendwelche Weiße alarmieren, vielleicht die Weißen Väter, oder das deutsche Konsulat. Ein paar Schwarze laufen hin und her, beginnen schon mit viel Geschrei die Taue zu lösen. Die Passagiere scheinen alle an Bord zu sein, denn der Offizier schließt seine Mappe und geht die Gangway hinauf.

Weil ich besorgt das Geschehen am Schiff beobachte, habe ich nicht auf Schritte geachtet. Jemand legt mir von hinten eine Hand auf die Schulter.

Ich fahre herum.

Da steht der jüngere der beiden englischen Soldaten, die wir nachts im *Bushiri* getroffen haben. Ruhig lächelnd zeigt er auf das Bündel Taue und setzt sich, ich bleibe erst einmal stehen. Der junge Kerl, kaum älter als ich, sieht übermüdet aus, sein Gesicht blass, die Augen gerötet. Vielleicht hat er getrunken. Mit einem Auge bin ich immer noch bei dem Geschehen am Schiff.

»Hat Mister May seine Angelegenheiten noch geklärt?«, frage ich, obwohl ich es besser weiß.

»Er hat sich aus dem Staub gemacht«, sagt der Soldat. »Ich bin hier, um sicher zu sein, dass er abgereist ist.«

»Warum haben Sie ihn nicht verhaftet, Mister? Ist das so eine britische Art von Sündenvergebung?«, frage ich. Der Mann holt umständlich eine Packung Zigaretten aus der Uniformtasche. Er bietet mir eine an. Wann hat mir mal ein Weißer eine Zigarette angeboten? Ich nehme sie, setze mich ihm gegenüber auf die Taue, er gibt mir Feuer.

»Das ist nicht so einfach zu erklären«, sagt er ruhig, starrt auf die Glut seiner Zigarette. Ich sehe, dass sich das Schiff langsam bewegt, höre das stärker werdende Blubbern von Motoren, Wasser spritzt auf. »Ich denke mal, mein Chef wollte seinetwegen keinen Aufstand machen. *Wenn er erst einmal weg ist, gibt es nichts mehr zu regeln*, hat er gesagt.« Er schweigt, starrt in die Luft. »Was war er für ein Kerl, dieser Missionar Richard May?« Er spuckt einen Tabakrest auf den Boden, sieht mich unsicher lächelnd an.

»Was meinen Sie damit? Ob er ein guter Mann war?«

»Ja, ja. So ähnlich, könnte man sagen«, stottert er. »Ein guter Mann vielleicht. Zuverlässig oder so. Gut irgendwie. Einer, mit dem man gern zusammen ist. Keiner von den Arschlöchern!«

Er hat getrunken, denke ich. Sonst würde er nicht solches Zeugs daherquatschen. Ich überlege, was ich ihm antworten kann.

»Wir sind allzumal Sünder, würde Richard May sagen.«

Ich weiß nicht, warum mich eine übermütige, alberne Stimmung erfasst. Ich plappere, wie das manche meiner Leute tun, wenn sie vor Europäern Kaspertheater spielen, mit übertriebenem Eifer los:

»Doch! Der war in Ordnung, da können Sie bei uns jeden fragen, Mister. Immer klare Kante! Bezahlte seine Schulden, egal bei wem er sie hatte. Und arbeiten konnte der, das hätten Sie sehen müssen! Sogar die Katholiken oder Muslims können Sie fragen, mit denen hat er zwar eine Menge Stunk gehabt, aber die haben ihn trotzdem geschätzt! Ganz im Ernst, Mister! Oh, da könnte ich eine Menge Geschichten erzählen! Die lassen nichts auf ihn kommen, trotz all dem Ärger, den er gemacht hat! Ein guter Typ, dieser Mister May, kein krummer Hund wie so manche!«

Ich bin versucht, noch weiteren Unsinn von mir zu geben, aber das hat der freundliche Kerl nicht verdient.

»Sie wussten, dass er bald sterben wird?«, frage ich. Meine Stimme ist plötzlich brüchig. Als ich es ausgesprochen habe, wird mir ganz schlecht.

»Der Doktor vom Hospital hat uns informiert«, sagt er leise.

»Lassen Sie ihn deshalb laufen?«

»Das hat Mister Cameron entschieden. Aber so wird es wohl sein«, sagt der Mann und sieht mich freundlich an. »Außerdem ist das ja Kleinkram, was uns ein Mister Smith von der Verwaltung in Kigoma geschickt hat. Ich habe mir die Akte heute Nacht noch durchgelesen. Da steht doch tatsächlich, May sei ein ordentlicher Kerl, wir sollten ihn vielleicht einfach laufen lassen! Stelle dir das mal vor! Und so etwas schreiben die in offiziellen Dokumenten!«

»Warum hat dieser Mister Smith Ihnen das ganze Sündenregister denn überhaupt geschickt?«, frage ich.

»Ist so üblich, wenn einer das Land verlässt.«

»Ein Totschlag an einem Schwarzen, ist das auch Kleinkram für die britische Verwaltung?«

»Mister Smith hat an den Rand seines Berichtes gekritzelt, vermutlich hätte Richard May den durchgedrehten Riesen in

Notwehr selbst umgebracht. Das hätte man nicht eindeutig klären können. Es könnte auch sein, dass dieser Ndasenga, sein Boy, ihn auf dem Gewissen hat. Das ist jetzt alles erledigt.«

Der Mann blickt mich dabei nicht an, fummelt an seiner Zigarettenpackung herum.

»Warum erzählen Sie mir das alles?«, frage ich.

»Ist doch egal! Mich interessiert, äh – so ganz persönlich, was er für ein Kerl war. Das wollte ich von dir wissen. Deshalb habe ich dir hier aufgelauert. Wen sonst sollte ich danach fragen?« Er ist rot geworden wie ein junges Mädchen. Weil ich nichts sage, spricht er weiter. »Immer an der Seite von so einem. Muss schon irgendwie was Besonderes gewesen sein! Jahrelang mit diesem Kerl unterwegs. Oder?«

Was soll ich darauf antworten?

»So einen trifft man nicht alle Tage«, sage ich. Ich konnte vor ihm an diesem Morgen ja schlecht meine Geschichte mit Richard ausbreiten. Er hätte es sich vielleicht gewünscht.

Wir stehen beide auf. Er reicht mir doch tatsächlich die Hand.

»Und du? Gehst du zurück zu deinen Leuten?«

»Mal sehen.« Es ist zur Gewohnheit geworden, Weißen auf ihre Fragen unbestimmt zu antworten. Aber ich habe nichts gegen diesen Mann, seine Fragen nach Richard rühren mich sogar ein bisschen.

Langsam geht er davon. Ich rufe ihm nach, er ist stehen geblieben und dreht sich um.

»Für seine Schulden bei Fundi Shabani hat er ihm sein Motorrad dagelassen. Der Gauner hat nichts mehr zu kriegen!«

»Ja?«

»Und den schwarzen Riesen hat er nicht umgebracht!«

»Konnte ich mir auch nicht denken«, sagt der Engländer.

»Er war ein ziemlich guter Mann!«

Er lächelt traurig mit seinem müden Gesicht, nickt mir zu und hebt bedauernd seine Schultern. Dann geht er davon.

Das Schiff ist deutlich in der klaren Morgensonne zu sehen, wie es langsam die Bucht von Dar es Salaam verlässt. Ich bin jetzt sehr allein und mich überfallen eine Menge wilder Gefühle.

Nein, ich weinte nicht in diesem Augenblick. Ich habe viel später einmal geweint, als mich Trauer im Schlaf überfiel, wie ein Kind, das etwas verloren hat.

Befreiung ist nicht immer ein Gefühl, das einen glücklich macht! Mir war plötzlich eine Last aufgebürdet. Ich würde allein zurechtkommen müssen. So etwas passiert wohl, wenn man ein bisschen älter wird, dachte ich verdrossen. Vielleicht war es gut so ...

Ich drehte mich um und ging fort, so schnell wie möglich, um dem Schiff nicht nachstarren zu müssen. Im Eingang der *Bank of South Africa* setzte ich mich auf die Stufen, neben einem riesigen Löwen aus grünem Stein. Hier konnte ich vielleicht meine Verwirrung abschütteln, in Ruhe nachdenken. Ich schaute die Straße hinunter, an diesem Sonntag war niemand so früh auf den Beinen.

Woher kamen die drei Säcke Kaffee? Die Frage war für mich belanglos, aber wegen der Trauer, und der Leere in meinem Inneren, beschäftigte ich mich damit.

Hatten die beiden Engländer aus dem Club zusammengelegt und ihm ein Abschiedsgeschenk gemacht? Das wäre ihnen zuzutrauen; sie hielten etwas von meinem Chef, das hatte ich herausgehört.

Mister Stoke vielleicht? Der war ein knallharter Kerl. Er schuldete Löwenherz etwas. Vielleicht hatte sich sein Gewissen gerührt, weil er der belgischen Versicherung doch wohl Richard als den Schuldigen für den Brand in Uviza angegeben hatte.

Auch Doktor Kirschstein hatte allen Grund, noch etwas für Richard zu tun.

Wir standen alle in der Kreide bei diesem armen Schlucker.

Dann dachte ich an das verschwundene Gewehr und den Araber der letzten Nacht; ein Muslim, einer der undurchsichtigen Typen aus dem Orient, die niemand richtig leiden kann und ohne die doch kaum jemand aus Europa hier in diesem Land klar kommt. Sie kannten sich einfach besser aus als die anderen Ausländer. Sie waren als erste hierhergekommen, um Sklaven und Elfenbein zu stehlen. Wenn jemand an einem Sonntagmorgen drei Sack Kaffee auftreiben konnte, dann ein Araber mit guten Verbindungen. Aber sie galten als durchtrieben und nicht gerade freigiebig. Manche redeten auch von der Großherzigkeit der Araber, aber davon haben wir Afrikaner wenig zu spüren bekommen.

Die Begegnung mit diesem britischen Soldaten, dessen Namen ich nicht einmal kannte, ging mir noch lange durch den Kopf. Manches, was man Richard vorwarf, lag ja schon Jahre zurück. Warum hatten sich die Behörden in Kigoma so lange bedeckt gehalten, statt Richard an den Kragen zu gehen? Das war Gottes Ratschluss!, würde Richard sagen. Ebenso Gottes Ratschluss, dass eine zickige Muslimin mich nervte, und ich deshalb rechtzeitig kam, um mit einem Totschlag Richards Frau zu retten? Ich musste grinsen bei dem Gedanken.

Ich stand auf, klopfte mir den Staub vom Hintern und überlegte, wie ich am schnellsten nach Hause kommen könnte, um für die Lehrerprüfung zu lernen.

Da ich kein Geld für die Rückreise hatte, ging ich am nächsten Morgen zu Mister Singh. Als ich seinen Laden betrat, behandelte er mich wie einen alten Bekannten. Dabei war ich immer nur der stumme Begleiter des Missionars gewesen, wenn wir in Dar es Salaam Einkäufe machten. Er hatte nie ein Wort mit mir gewechselt.

»Wo ist *Bwana* May geblieben, Mister Ndasenga?«, fragte er mich. »Hier steht ein Sack Kaffee für sein Gewehr bereit.«

»Er ist abgereist. Die Sache mit dem Kaffee hat sich erledigt!« Er stellte mich ein.

Ich holte für seine Firma Waren aus dem Zoll, kontrollierte die Mengen und Abrechnungen und transportierte mit seinem Pickup die Sachen in das Magazin. Wenn das erledigt war, bediente ich in seinem Laden. Er war zufrieden mit meiner Arbeit und fragte mich, ob ich nicht bleiben wolle; er habe jetzt mehr und mehr afrikanische Kundschaft und brauche einen gebildeten Afrikaner an seiner Seite. Nach vier Monaten hatte ich genug verdient, um die Eisenbahnfahrkarte nach Kigoma bezahlen zu können. Und hatte noch ein bisschen mehr in der Tasche, für alle Fälle.

Richard May, den manche Löwenherz nannten, war nicht mehr da, längst tot und beerdigt. Ich bin kein Diakon geworden und habe nie an Gott glauben können, wie er glaubte. Ich hatte mein eigenes Leben, aber verlassen hat Richard mich nicht.

Seine Schwester Frida, die Hebamme, blieb noch achtzehn Monate. Von ihr erfuhr ich über den Tod von Richard nur ein paar wortkarge Brocken, weil ich darauf bestand; sie und ich hatten nie ein vertrauensvolles Verhältnis.

Er überlebte die Schiffsreise bis Genua, den Säugling neben sich in einem Körbchen. Und auch noch die Bahnreise bis Tübingen. Im dortigen Tropenkrankenhaus war alles für die Operation vorbereitet. Die Ärzte haben seinen Körper geöffnet und sofort wieder geschlossen. Es war zu spät, sein Inneres war von Krebs zerfressen. An seinem letzten Tag drängten ein paar Leute seine Frau, ihm noch einmal seine vier Kinder ins Sterbezimmer zu bringen.

»Warum tut ihr mir das an!«, hat er sie angeblafft und sich zur Wand gedreht.

Das waren seine letzten Worte, soviel ich weiß. Das letzte Mal, dass er aufbrausend war. Als wolle er Gott und die Welt anklagen.

Wenn ich ihm diese Vermutung gesagt hätte, hätte er mich sicher zum Teufel gejagt.

Jener Bauer Heinrich Geldermann vom Niederrhein, der ihm für seine Brautschau ein Pferd geliehen hatte, sammelte bei anderen Bauern Geld, damit der Leichnam dorthin überführt werden konnte, wo Mama Margarete mit ihren Kindern leben würde. Den größten Teil bezahlte dieser Bauer selbst; für die Überführung hatte die Missionsgesellschaft keine Mittel bereit. Richards Eltern machten die erste lange Reise ihres Lebens an den Rhein, um Abschied zu nehmen.

Richards Schwester war eine seltsame Lady, aber nach dem Fortgehen ihres Bruders hat sie eine Menge am Hals gehabt und alles, soviel ich weiß, ordentlich erledigt: Predigen in mehreren Orten, Bibelstunden abhalten, Schwangere entbinden, Unterricht geben, Kranke versorgen. Wie ein Gewitter ist sie mit dem Motorrad, das Gewehr auf dem Rücken, durch die Steppe gebraust. Das alles hat unsere Leute in Erstaunen versetzt, weil sie viel arbeitete und keine Angst kannte. Sie war und blieb uns ein Rätsel, Quelle für Geschichten, wenn wir abends am Feuer saßen. Ob unsere Leute sie geliebt haben, weiß ich nicht. Als der Krieg in Europa ins dritte Jahr ging, haben die Engländer sie doch noch in ein Gefangenencamp nach Rhodesien gebracht und eingebuchtet. Ich weiß nicht, wie lange sie gesessen hat; erst viele Jahre später ist sie noch einmal bei uns aufgetaucht, wie man mir erzählte. Da war ich längst in meinem Beruf und leitete ein Gymnasium in Tabora.

In Kigoma traf ich nach meiner Unterredung mit dem englischen Offizier Smith ein paar Jungs aus Matiazo, die durch die Stadt flanierten.

»Hey, Ndasenga! Wieder da? Dein frommer Chef ist weg?!« Ich nickte, freute mich, sie zu sehen und wir klatschten die

Hände gegeneinander. »Dann kannst du ja endlich mal mit uns losziehen. Was *Schönes* unternehmen!« Sie grinsten und tänzelten vor einer Bar herum. Ich wusste, was die damit meinten: Ein paar Biere trinken und dann ein paar Nutten aufreißen. Ich grinste zurück.

»Vielleicht ein anderes Mal, Jungs! Ich will zuerst nach Hause …«

Sie zogen weiter, winkten mir noch, bevor sie um die Ecke verschwanden.

Für die Fahrt nach Matiazo fand ich einen Lastwagen, der mich mitnahm. Wir einigten uns auf den Preis, mit dem Fahrer redete ich während der holprigen Fahrt Belanglosigkeiten. Mir war nicht nach Reden zumute. Irgendwann winkte der fröhliche Fahrer Kindern am Straßenrand und zeigte zufrieden auf die kurvenreiche Straße. Während des Erzählens lachte er ausgelassen.

»Diese Rennstrecke da hat einer gebaut, den sie hier Löwenherz nannten, Mister! War'n frommer Mann! Gepredigt hat er wie der Teufel. Der hat 'ne Menge gemacht, der Mann. Schade, dass du ihn nicht kennengelernt hast!«

Eine Begegnung fünfzig Jahre später

Ich erkannte sie nicht sofort wieder. Als sie mir auf dem Schulkorridor entgegen kam, sagte mir etwas in meinem Innern, dass sie mit Richard May zu tun haben könnte. Unsere Neigung zu magischen Spielereien legen wir Afrikaner nur ungern ab, zumal es meistens funktioniert. Vor mir sah ich in dem Augenblick mich selbst, mit allen meinen wirren Gefühlen, als Richard seine dreijährige Tochter ohne Narkose operierte. Die Bilder überfallen mich immer noch und ich gerate ins Schwitzen.

Dann nannte sie ihren Namen, Eva May. Sie war an den Tanganjikasee gekommen, um die Orte ihrer Kindheit wiederzusehen und um etwas über ihren Vater zu erfahren, und was er an seinem letzten Tag in Dar es Salaam getrieben hatte. Damals war sie erst sieben Jahre alt, erinnerte sich aber, wie Richard morgens mit mir das Haus verlassen hatte. Am Tag zuvor hatte ein Junge am Strand ihrer Puppe den Kopf abgerissen.

»Man hat mir nie eine neue gekauft«, erzählte sie, und imitierte dabei eine jammernde Kinderstimme. Auch ich erinnerte mich sofort.

»Ich kam damals zu spät, um dir zu helfen.«

Ich hätte gern mehr vom Leben ihrer Familie nach Richards Tod erfahren, aber in den Tagen war wenig Zeit für unsere Angelegenheiten. Sie hatte schon die Buchung für ihren Zug zurück nach Dar es Salaam, ich steckte in einer mehrtägigen Lehrerkonferenz. Ich versprach ihr, als wir uns am Bahnhof von Kigoma verabschiedeten und der Dampf der Lokomotive uns umhüllte, soviel wie möglich aufzuschreiben und ihr zu schicken.

»Du hast ihn zwölf Jahre lang begleitet, Ndasenga. Du weißt mehr von ihm als jeder andere!«, drängte sie mich und wedelte mit der Hand vor ihrem Gesicht, um den Dampf vertreiben. Wir sprachen Englisch, das Kisuaheli ihrer Kindheit hatte sie bis auf ein paar Redewendungen verloren.

»Ich werde manches durcheinander bringen.« Ich zögerte, als wehrte sich mein Inneres, mich noch einmal den Erinnerungen auszusetzen. »Es ist alles so lange her.«

»Dann werde ich es ordnen«, bedrängte sie mich.

»Einiges weiß ich nur, weil man es mir erzählt hat.«

»Auch das will ich wissen.«

Dann umarmte sie mich unerwartet, ihr Gesicht war von Trauer und Zuneigung aufgelöst, wie das einer liebenden Frau, die Abschied nimmt.

Eine Menge Arbeit kam da auf mich zu, aber ihr strenger Vater hatte mir beigebracht, dass man Versprechen halten muss. Ich hoffe, mein Bericht erreicht Eva bei guter Gesundheit. Hier kann man nachlesen, was ich in einen Umschlag packte und ihr mit der Post schickte.

Nachbemerkung

Der Neukirchner Mission danke ich, dass ich in ihrem Archiv die Berichte der Ostafrika-Missionare aus den dreißiger Jahren lesen durfte. Viele Episoden dieses Buches gehen zurück auf damalige Ereignisse; andere wurden mir mündlich überliefert. Der Autor hat seine Geschichte jedoch frei gestaltet.

Das Buch folgt in großen Teilen dem Leben meines Vaters Wilhelm Schulz, der 1938 auf der Heimreise nach Deutschland starb. Es ist Wilhelm May gewidmet, einem der wenigen Missionare, der mich in meiner Kindheit nicht mit Fragen nach meiner Jesusliebe quälte.

Die Freunde Moustapha Diallo, Dirk Brall, Paul Gerhard Schoenborn, Torsten Krug, Axel Kahrs und Gerd Propach haben das Schreiben dieser Geschichte mit guten Hinweisen begleitet, für die ich mich von Herzen bedanke.

H. Sch.

Worterklärungen – Informationen

Bushiri (Bushiri bin Salim al-Harthi), afrikanisch-arabischer Händler und Soldat, führte 1888-1899 Krieg gegen die deutsche Kolonialherrschaft

Bwana, Herr

Mwami, König

Mzungu, Bezeichnung für Weiße in Ostafrika. Wörtlich: Leute, die nichts verstehen

Ndasenga (Kiruanda), Gebet, ich bete

Pombe, traditionelles Bananenbier

Shamba, Feld (meist mit einer Hütte)

Waha, Menschen aus dem Volk der Ha, in der Region Uha

Brandes & Apsel

Nasrin Siege

»Ich kehre zurück, Dadabé«

Die Geschichte eines madagassischen Mädchens

»Nasrin Siege hat eine Geschichte kreiert, die die Trugschlüsse einer modernisierten Welt ans Tageslicht bringt. Aus der Perspektive eines Kindes wird in einer absolut mitreißenden und lebendigen Art und Weise dargestellt, was es heißt, arm zu sein, und wie die Sehnsucht nach der Heimat zu guter Letzt siegen kann.«
(Sophia Renz, Afrikapost)

160 S., Pb., ISBN 978-3-86099-713-0

Nasrin Siege

Hyänen im hohen Gras

Spuren in der Serengeti

Die geheimnisvolle Welt der Hyänen. Wir lernen die Tiere der ostafrikanischen Savanne mit neuen Augen zu sehen.

120 S., Pb., ISBN 978-3-86099-505-1

Nasrin Siege

Kalulu und andere afrikanische Märchen

»Nichts in Sieges Fabulierstil ist sensationslüstern oder europäisch besserwisserisch, weil sie (...) Unbekanntes mit großer Zärtlichkeit vertraut macht.«
(Frankfurter Rundschau)

3. Aufl., 144 S., Pb., illustr.
ISBN 978-3-86099-428-3

Manfred Loimeier

Szene Afrika

Kunst und Kultur Afrikas südlich der Sahara

Streifzüge eines profilierten Kenners durch die unterschiedlichsten Formen und Foren afrikanischer Kultur: Malerei, Bildende Kunst, Musik, Theater, Tanz, Film, Fotografie und Literatur. Vom FESPACO-Filmfestival in Ouagadougou bis zur Wiege des Jazz in Kapstadt.

200 S., Pb., ISBN 978-3-86099-716-1-1
E-Book: ISBN 978-3-86099-975-2